古玩寶齋

程十髮題

GU WAN BAO ZHAI CONG SHU ZHONG GUO ZHIXIU JIANSHANG YU SHOUCANG

中国织绣
鉴赏与收藏

包铭新　赵　丰　编著

上海书店出版社

写在前面

新民晚报总编辑　丁法章

《新民晚报》自一九九五年一月起，办了《古玩宝斋》彩色专版，这主要出于三个需要：

——古为今用，弘扬优秀民族文化的需要。中国历史悠久，有丰富的民族文化遗产，在这一点上，我们可以自立于世界民族之林。但是在十年浩劫中，许多优秀文化遗产不仅没有得到继承，反而遭到人为破坏，形成了历史的倒退。粉碎"四人帮"后，特别是在改革开放以来，随着思想的进一步解放，"古为今用"这个口号重新恢复了名誉。我们深深地感到，任何一个民族，如果没有继承，就不可能有发展。要适应我国经济建设和改革开放的形势，离不开继承，只有很好地继承优秀的民族文化遗产，才能把改革开放不断推向前进。创办《古玩宝斋》这个彩色专版，旨在通过介绍古代字画、钱币、玉石、瓷瓶、邮票等等，帮助人们增长历史知识。因为每一件古玩，都可以追溯到产生这个古玩的那个年代，都可以直接或间接地了解那个时期我国文化的水准和民众的生活情趣。从这个意义上可以说，这也是研究中华民族历史、继承优秀民族文化遗产的一个渠道。

——陶冶情操，增添业余生活乐趣的需要。当今，随着物质生活条件的不断提高，人们对精神生活的需求也在不断完善和提高之中。因此，现在人们在业余时间搞一点古玩，搞一点鉴赏，搞一点收藏，已不再像过去极“左”年代的那样被视为“玩物丧志”了，而觉得是扩大视野，增加知识，陶冶性情的很好机会，也是提高精神生活质量的题中应有之义。《新民晚报》于1995年12月18日举办了“首届读者日活动”，其中有邀请古玩专家免费为读者鉴定古玩的服务项目。有位年轻读者拿着一只手镯请专家鉴定后，方知是价值30万元的清代翡翠手镯，吓了一大跳，保卫人员请他赶紧藏好后回家。还有一位老年读者拿了一卷字画请专家鉴定，其中有一幅是金农的眞迹，估价50万元。由此可见，生活中多么需要这类知识，读者已经把古玩纳入业余生活的内容，多么需要《古玩宝斋》帮助他们提高鉴赏水平，增強收藏意识。

——贴近读者，力求版面新鲜活泼的需要。作为“飞入寻常百姓家”的晚报，在弘扬时代主旋律的同时，理所当然应该力求内容的多样化，做到世间万象，无所不包；千姿百态，应有尽有，从而满足广大读者的各种需求。可以说，《古玩宝斋》的创刊，正是广大读者对晚报的共同期望，也是晚报的优势之一。

当前，艺术品市场行情看好，广大读者迫切希望能有集收藏、鉴赏于一体的读物问世。为此，《新民晚报》与上海书店出版社将联合推出一套《古玩宝斋》丛书。这套丛书，将邀请在收藏鉴赏辨伪方面均有独到见解和丰富经验的专家、学者执笔，以生动的文字、翔实的史料，向大家系统介绍我国在这方面的优秀民族文化遗产。我们将陆续推出《古玩鉴赏与收藏》、《古瓷鉴赏与收藏》、《扇子鉴赏与收藏》、《印章鉴赏与收藏》、《书法鉴赏与收藏》、《鼻烟壶鉴赏与收藏》、《古玩作伪揭秘》、《绘画鉴赏与收藏》、《珍邮鉴赏与收藏》、《古董照相机鉴赏与收藏》、《古玉鉴赏与收藏》、《古董家具鉴赏与收藏》等十多种书，想必一定会受到广大古玩爱好者的欢迎。

目录

序

中国织绣的历史，可以上溯到史前。中国素称衣冠之邦，是世界上最早将织绣品用于服饰的国家之一。织绣品在中国古代不仅衣被天下，而且曾经作为贡纳税收，用作官吏和军队的供给和赏赐，甚至充当交换的媒介，具有货币的职能。织绣在大多数情况下是实用的艺术品；除了其实用功能之外，美学上的价值是不可忽略的，与音乐、雕塑和绘画一起进入纯艺术的殿堂。这一点，宋代的缂丝可以作为一个典型来加以证明。

历代织绣服饰的研究在文物、考古和历史等领域日益受到重视。沈从文的《中国古代服饰研究》等有关重要著作陆续出版。但是在收藏界，织绣的地位与书画、陶瓷、玉器、雕塑、印章等还是无法相比。究其原因，虽然不能排除收藏界历来轻视织绣的传统，大多数人对织绣了解不多这一事实，更值得深思。对织绣的历史、技术、艺术性、鉴赏和市场价格诸方面了如指掌的专家实在太少。学者不了解市场，而古董商又缺少历史和艺术方面的修养。这样，一本通俗地介绍织绣知识的小册子就变得非常必要。

我和赵丰君虽不敢自诩为专家，但从事古代和传统织绣服饰的学术研究和教学已近二十年。最近四、五年，由于工作的需要

(为博物馆征集藏品)和个人的兴趣，我们也经常出入于文物商店、古玩市场和拍卖会。我们又有不少的机会出国，与海外的同行以及一些以织绣品为专题的文物商有接触。这就是我们撰写这本小册子的背景。

作为撰写者之一的我还曾为《古玩宝斋从书》写了《扇子的鉴赏与收藏》。与此相比，《织绣的鉴赏与收藏》的写作要困难一些。困难之一是织绣之美需要更细致的观察和耐心的寻找，不像书画扇那样雅俗共赏；困难之二是织绣知识的阐述更难做到深入浅出；困难之三是关于织绣市场价格的信息不如书画扇那样现成。

尽管有这样那样的困难，我们还是努力把此书写好。书的第一、三、四、五、六章由赵丰君撰稿；第二、七章、附录由我撰稿；插图的编选和图注也由我完成；并由我最后改定全稿。我与赵丰君可说是同学（广义的）兼同行（也是广义的），我们之间沟通没有困难，所以合作得很愉快。希望这一愉快的合作也能带给我们的读者以愉快！

包铭新

1996年11月5日

第一章　织绣小史

要收藏我国古代的织绣品，就必须对我国织绣发展的历史有一个简单的了解。丰富的历史知识无疑会提高收藏者的鉴赏能力，也会帮助收藏者解决不少实际问题。因此我们首先按历史时期的次序来介绍一下中国的织绣小史。

一、起源

我国的织绣起源甚早，从出土实物来看，至晚在新石器时代早期，我国南北大地上已出现了织绣技术。

在新石器时代，各种有关织绣的原始工具有大量出土，如纺轮的发现，就遍布几乎所有的新石器时期遗址。在浙江余姚的河姆渡遗址中有原始的纺织工具如机刀、骨匕、齿耙、梭形器等的发现，其年代为距今约七千年。但是纺织品实物的发现却是在新石器时代中晚期，河南荥阳青台村距今约五千五百年前的仰韶文化遗址中曾出土包裹幼儿尸体用的丝麻织物，其组织结构有平纹和绞纱两种。位于浙江湖州钱山漾距今约四千七百余年的良渚文化遗址中也发现了整筐的丝线、丝绳、绢片和麻织物残片。这些都是我国新石器晚期纺织品的实证。至于新石器时代的刺绣实物虽未发现，但从辽宁西部喀左县红山文化遗址出土的一种陶质的仿皮饰物残件来看，在距今五千五百年前的辽宁地区，已经出现了用线在皮件上进行刺绣装饰的“韦绣”。

从文献史料来看，最早关于织绣的记载是《尚书》，一则是《禹贡》一节中记载了各地进贡“纤”、“缟”、“织文”、“织贝”等织物的名称；二是《皋陶谟》一节中记载了黄帝对当时服色的一段描述：“予欲观古人之象，日、月、星辰、山、龙、华虫作会，宗彝、藻、火、粉米、黼、黻、絺绣，以五彩彰施于五色作服，汝明。”这是我国历史文献中关于织物上施以刺绣和彩绘加工的最早记载，其图案即是后来著名的十二章。

二、商周

商周是我国织绣史上的重要发展阶段。甲骨文和金文上频频出现的桑、蚕、丝、帛等字，《诗经》中多处关于桑林、采葛、贝锦以及锦衣狐裘、黻衣绣裳等描述，都反映了织绣生产在当时的普遍。而商周考古中织绣品的大量发现更是对此极好的证明。

商代的织物大多以粘附于青铜器上的织物残迹的形式出现，在当时的埋葬过程中，织物被包裹在青铜器之外再埋入土中，年久日长之后，大量的织物腐烂了，而少部分位于青铜器表面的织物则与铜锈一起被铜锈保护下来。从河南安阳殷墟、妇好墓、河北藁城台西村、江西新干大洋州等地出土的青铜器上，基本都能找到这类织物的残迹，其种类有以平纹为基本的绢，采用并丝织法的缣，有着提花图案的绮，还有带有几何纹样的刺绣品。此外，许多反映当时人物形象的雕像上也能看到织物的图案和刺绣的图案，如河南安阳侯家庄、妇好墓出土的玉石人像，特别是新近在四川广汉三星堆出土的与真人等高的立体铜人像，就其衣饰的表现手法观察，既非象征性也非写实性，但均显示了衣装上盛行大花纹的刺绣装饰，而某些图案所取的对称形，正可能反映了后世称为“黼黻文章”的纹样。

据《周礼》记载：当时国家对纺织染绣手工业从原料的征集到织造以及染色等各道工序都设有专门机构进行生产。如在“天官”下设有典妇功、典丝、典枲（麻）内司服、缝人、染人等；在“地官”下设有掌葛、掌染草等；在“冬官”所属百工内还有专门进行练染生产的作坊。

周代可分为西周和东周两期。西周出土实物也不多，但已出现了平纹经锦这一重要的新品种，陕西宝鸡茹家庄出土的朱绣印痕和河南三门峡虢国墓地出土的锁绣残片，均说明了锦绣已成为我国织绣品中最为重要的两种品种。从此，锦绣两字在我国语言中经常并用，人们常用锦绣代指美好的事物，如锦绣河山、锦绣前程、锦心绣口等。

东周的织绣品出土更多，尤以战国时期楚地出土者为盛。湖南长沙附近的许多战国墓如左家塘、子弹库，湖北江陵附近的包山、马山等地均有大量丝绸织绣品出土，特别是马山一号楚墓中出土的织绣品，更是精美无比，反映了战国时期丝绸生产技术的先进和艺术水平的高度。其中织锦中的代表是舞人动物纹锦，在门幅仅为 50 厘米的织物中，织出了对龙、对凤、对麒麟、对舞人等十余对动物或人物纹样，造型简练而生动。刺绣中的代表作是罗地龙凤虎纹绣，据说是分别代表楚、吴越和巴蜀文化的凤、龙和虎相处在一起，凤体最为伸展，昂首阔步，气宇轩扬，分别用爪和翅奔击龙和虎；龙作行龙状，肢体呈波浪形，挺胸挺腹，脚步如飞；虎则是朱黑相间，细腰长尾，极为矫健。战国时期的织绣品中还出现了绕织绦、重环绦、挂彩锦等新的品种。其织绣技术和艺术对秦汉时期织绣的发展有很大的影响。

此外，战国时期的织绣品远到新疆以及西伯利亚地区均有多处发现，说明中国织绣品早在公元前五世纪就输出到国外了。

三、秦汉

秦汉是我国纺织历史上的第一个高潮时期。当时我国形成了一个大一统的东方帝国，在世界舞台上扮演着极为重要的角色。著名的丝绸之路就是在此时真正开通的，东方的织绣品也正是在此时才远远地影响到欧洲。

秦汉时期我国的丝绸生产重地还是集中在黄河流域。特别是在作为政治和经济中心的长安。在长安京城中的未央宫内设有东、西织室，主要织作文绣郊庙之服，一年花费达五千万。此外还有御府尚方织室，锦绣纨绮玩弄之物，皆作不绝。在外地的丝绸织绣生产重地齐鲁和巴蜀两地，也设有官营作坊。齐郡设有三服官，作工数千人，一岁费数巨万。四川则设有锦官，专门生产蜀锦。在民间，织乡生产量也十分巨大。王充《论衡·程材篇》:“齐郡世刺绣，恒女无不能，襄邑欲织锦，钝妇无不巧。”从山东、江苏、河南出土的大量汉代画像石上的纺织图来看，当时的纺织生产确是十分普遍的。

秦汉时期的织绣技术也达到了相当的水平。从湖南长沙马王堆汉墓出土的织绣品来看，当时的织物品种主要有平纹类织物、有光泽极好的纨、普通的绢、极为轻薄的纱，暗花织物中有绞经织物罗、形如杯纹的绮，多彩织物锦中有三色显花的平纹经锦、表面起绒圈的绒圈锦，此外还有锁绣针法为主的长寿绣、乘云绣等，以及印花织物。从新疆楼兰等地出土的大量东汉时期的丝毛织绣品来看，当时不仅在丝织品上而且还在毛织品上应用了织绵、绞纱、刺绣甚至是缂织的手段进行装饰，在离楼兰不远的尼雅汉墓中还发现了用蜡染方法制成的棉织物。说明当时我国各民族人民已在吸取不同源头的纺织文化因素的基础上创造出新的丰富灿烂的织绣品来。

汉代的纺织品规格已有了较为严格的规定，布帛不符合尺度者不鬻于市。当时普通织物以匹为单位，甘肃敦煌曾出土过一匹亢父缣，上有题字云:“任城国亢父缣一匹，幅广二尺二寸，长四丈，重二十五两，直钱六百一十八。”说明当时织物规格约合今之宽 50 厘米、长 9.2 米。

汉代是丝绸之路开拓过程中的重要年代，汉武帝时张骞出使西域使丝绸之路一直延伸到地中海沿岸，中国的丝绸由此路被源源不断地运向沿途的国家和地区，从而名扬天下，同时，西方的纺织文化也开始影响中国，使我国纺织品的织造技术和图案设计风格也产生了极大的变化，导致了一次纺织史上的变革。

四、 魏晋南北朝

自魏晋南北朝至隋唐约八百年间，织绣生产中主要的潮流是来自异域的影响。

魏晋南北朝是一个分裂和动荡的时期，北方少数民族势力第一次大规模进入中原地区，各民族之间出现了大融合、大交流。民族的融合不仅推动了落后民族的封建化、汉文化的传播，同时也使中原地区的织绣技术吸取一些少数民族特有的技艺而得以提高。

魏晋南北朝时期的织绣重要产区仍在中原和齐蜀两地。当时的南方还是以麻织物为主，很少有纹饰，而在北方即使是在战火纷飞的年代，一些小朝廷都在进行织绣的生产。如曹丕在《与群臣论蜀锦书》中曾提到魏国自己能生产如意、虎头、连璧锦，这应该是在魏国自己的尚方御府中织造的；三国时吴国亦有御府生产织物，孙权曾敕御府为其母作锦被，改易帷帐，妻妾衣服悉锦绣；至于蜀国是生产蜀锦的著名产地，自然署场织造蜀锦，而且在当时，蜀锦不断出口他地，成为蜀国财政收入的重要来源，以至诸葛亮当时曾说,“决敌之资，唯仰锦耳。”十六国时期，与东晋相对的北方后赵政权占据魏地，也置有大规模的织绣生产作坊，生产棉和织成，有数百人，产品有大小登高、大小明光等。到南北朝时期，鲜卑族拓跋氏起自北方，在其攻地拔城之时，也大量掳掠百工伎巧，并设置各种专业织造生产户进行织绣生产。宫内也有大量奴婢进行锦绣绫罗之工的生产。

魏晋南北朝时期的生产技术也因融合了各民族的先进因素而有了长足的进步。北魏时期有一部非常著名的科学著作是贾思勰的《齐民要术》，其中对栽桑、养蚕以及缫丝、染色等都有极为详细的记载。关于织造技术，三国时出了一位著名的机械工程师马钧，据载他曾改进绫机,“旧绫机五十综者五十蹑，六十综者六十蹑。先生患其丧功费日，乃皆易以十二蹑，其奇文异变。”改进后的织机不知是否对当时的织绫技术产生过多大的影响，但这一时期的绫织物确是十分的丰富，从新疆吐鲁番地区出土大量魏唐时期绫织物的情况来看是可信的。魏晋南北朝时期的织锦还是较多地继承汉锦的传统，如后赵石虎织锦署中生产的织锦，从名称来看大多与汉锦相似，有大登高、小登高、大明光、小明光、大博山、小博山、大茱萸、小茱萸、大交龙、小交龙、葡萄文锦、斑文锦、凤凰朱雀锦、韬文锦、桃核文锦等名。从出土物来看，魏晋时期的织锦在组织上还是采用平纹经二重，并逐步向斜纹经二重过渡，图案上则与东汉时期相似。但到了北朝时期，在纹样则较多地采用了外来的特点，一些如狮、象、骆驼、山羊、孔雀等外来动物的形象出现在斜纹经锦上。值得指出的是当时少数民族锦如新疆一带丘慈锦和疏勒锦等也取得了很大的发展，其织造工艺很有特点，是采用绵经绵纬织成的大张锦。

在魏晋时期的织物品种中，较有新意的是织成，这是一种直接根据最后成品所需款式设计而织成的编织物，当时后赵尚方就有织成署，生产各种织成产品，当时织成产品见于记载的有织成衮衣、织成靴、织成帐、织成障泥、织成合欢裤、织成帙、织成回文诗、织成绦、织成合欢帽等。吐鲁番出土有一件织成鞋，上用红、土黄、肉色、蓝、绿、白、黑和灰蓝等八种颜色编织出“富且昌宜侯王天延命长”等字样，以及对鸟纹、对兽纹、几何纹、小花纹等各种纹样，堪称珍品。

刺绣技法在这一时期基本上还沿用锁绣技法，虽然出土的实例不多，主要见于敦煌藏经洞北魏刺绣，大多为供养佛教的供养品，但事实上这一时期刺绣的成就也不小，这还可以从吴国赵逵之妹刺绣地图的故事看出。王嘉《拾遗记》记：“孙权尝叹蜀魏未夷，有军旅之隙，思提善画者使图作山川地势军阵之象。赵逵乃进其妹，权使写九州江湖方岳之势。夫人曰：丹青之色甚易歇灭，不可久宝，妾能刺绣，列万国于方帛之上，写以五岳河海城邑行阵之形，乃进于吴王。时人谓之针绝。”

五、 隋唐

隋唐时期是我国封建历史上的高峰时期。隋代统治者结束了长达四个世纪的分裂局面，统一了全国。唐朝更是强盛一时，历贞观之治和开元之治两大盛世，在政治、军事、经济、文化上都显示了其特有的时代风格，在中华民族历史上写下了光辉的一页，在中国织绣史上完成了承前启后的转折。

由于政局的稳定，织绣生产有了长足的发展。当时织绣生产的重区已逐渐由中原地区向南方移动，在唐前期，“河北织组之事，黼黻锦绣之工，大优于江东也。”但到唐后期，江南织绣业已经十分发达，各种高档丝织品已成为唐朝皇室御用的主要用品。李肇《国史补》载：“初，越人不工机杼。薛兼训为江东节制，乃募军中未有室者，厚给货币，密令北地娶织妇以归，岁提数千人，于是越俗大化，竞添花样，绫纱妙称江左矣。”这样，越州在唐前期的贡品只有四种，而到了唐后期，就上贡异文吴绫、吴绫、吴朱纱、白纱、宝花花纹罗、白编绫、交梭绫、十样花纹绫、轻容、吴绢、花纱、缭绫等十余种。

唐代官营丝织业也十分发达，在长安城中，少府监属下的织染署掌供冠冕组绶织作色染，常设织造作坊有布、绢、施、纱、绫、罗、锦、绮、间、褐等十作，绿染之作有青、绛、黄、白、皂、紫等六作，其中绫锦作坊中的巧儿就有三百六十五人。内作使下也有设有织染作坊，其中绫匠八十三人。以管理宫中闲散女劳力为主的掖庭局中也设有绫坊，其中绫匠一百五十八人。此外，宫中还有临时设置的作坊，《旧唐书·后妃传》:“宫中贵妃院织锦、刺绣之工凡七百人。”这应该是一个为“三千宠爱在一身”的杨贵妃专门设置的织绣作坊。由此可见，唐代官营织绣作坊规模的庞大。但事实上，唐代官府还在各织绣重要地区设置各种不同性质的机构进行织绣生产。如在成都设置专门织坊生产蜀锦和五色织成背子，在越州设置织造户生产缭绫。

唐代也是各种织绣品种最为丰富的一个时代。有关唐代织绣品的发现集中在我国的西北地区，新疆吐鲁番阿斯塔那古墓群、甘肃敦煌莫高窟藏经洞、青海都兰热水吐蕃墓、陕西扶风法门寺地宫等都有唐代纺织品大量发现，甚至在日本正仓院中保存有大量的唐代丝质织绣品。唐代的织绣品种类可分为织绣染三个方面进行介绍。织造品种中最突出的是丝织品种。丝织品种中最为绚丽多彩的当属织锦。从文献来看，锦的品种甚多，有以地区命名的蜀锦；有以用途命名的半臂锦、蕃客袍锦、被锦等；有以色彩命名的绯红锦、白地锦等；也有以织物特点命名的大张锦、软锦等。锦的基本组织在早期是平纹和斜经锦，到盛唐时发展为斜纹纬锦，此外还有双层锦、织金锦、透背锦等各种新品种。锦中最有名的品种是蜀锦，王建有《织锦曲》云:“红楼葳蕤紫茸软，蝶飞参差花宛转。”丝织品种中另一种重要的是绫。绫在唐代有着极为广泛的生产，唐代几乎各地都有绫的生产。名目也极繁多，但最为著名者为产于越州的缭绫。白居易有诗云："缭绫缭绫何所以，不似罗绡与纨绮，应似天台山上月明前，四十五尺瀑布泉。中有文章又奇绝，地铺白烟花簇雪。织者何人衣者谁，越溪寒女汉宫姬。去年中使宣口敕，天上取样人间织。织为云外秋雁行，染作江南春水色。文裁衫袖长制裙，金斗熨波刀剪纹。昭阳舞人恩正深，春衣一对值千金。汗沾粉污不再著，曳土踏泥无惜心。缭绫织成费功绩，莫比寻常缯与帛。丝细缲多女手疼，扎扎千声不盈尺。昭阳殿里歌舞人，若见织时应也惜。"此外，罗、纱、绮、绢等也在唐代被沿续生产。唐代丝织品种中的另一大创新是缂丝的出现。缂织工艺最早出现在汉代新疆地区的毛织物上，到唐代始见用于丝织物上，称为缂丝。唐代发现的缂丝作品并不多，但确是缂丝产品的滥觞期。

唐代的毛织物生产也非常多，尤其在新疆地区被发现更多。其种类则有毯、毡等。大多均为色织物，图案精美。

锦绫丝织品一般均有图案，用于上贡，用于官服，图案华丽，各时均有不同。见载于《新唐书》各地上贡用绫的图案种类很多，有方纹、仙文、云花、龟甲、镜花、重莲、柿蒂、孔雀、凤凰等名。官服用丝织图案在早期是用大科和小科绫罗，还用龟甲、双巨、十花绫。文宗即位后则用鹘衔瑞草、雁衔绶带、双孔雀绫以及地黄交枝等绫。而在现实生活中，带有花鸟纹样的图案则成为一种时尚，这在当时诗歌中可以窥见一二："荣传锦帐花联萼，彩动绫袍雁趁行。""合蝉巧间双盘带，联雁斜衔小折枝。""瑶台雪里鹤张翅，禁苑风前梅折枝。"从这些诗句可以看出当时民间流行的丝织图案已经非常华丽，以致统治者不得不发出诏令，禁织其中的某些图案："在外所织造大张锦、软瑞瑞、透背及大间锦、竭凿六破已上锦、独窠文绫、四尺幅及独窠吴绫、独窠司马绫等，并宜禁断。其长行高丽白锦、杂色锦及常行小文字绫锦等，任例旧例造。其绫锦花文所织盘龙、对凤、麒麟、狮子、天马、辟邪、孔雀、仙鹤、芝草、万字、双胜及诸织造差样文字等，亦宜禁断。”

刺绣品在生活中应用甚广，但从唐代大量出土物的情况来看，唐代绣品的新热点是佛教所用的供养品。自从北魏时期开始有专为佛教供养刺绣佛像的先例后，唐代的佛教徒们在这一点上似乎比以前走得更远，更热烈。敦煌藏经洞中出土了大量刺绣佛像，其像极大，长约盈丈，宽约五六尺，气势宏伟，神采如生，色泽完好如新，大多采用锁绣针法。然而，当时的绣佛要数《法苑珠林》所载了:“唐显庆之际，于西京造二十余寺，爰敕内宫式模遗形，造绣像一格，高举十有二丈，惊目骇听，绝后光前，此为绣像之最巨者。”十二丈之高，约相当于今之 36 米，确是空前绝后。杜甫《饮中八仙歌》云:“苏晋常斋绣佛前，醉后往往爱逃禅。”由此也可知道当时绣佛的流行。另外，法门寺地宫所出大量用于佛教用途的刺绣品也说明这一问题，虽然它们大都是莲花纹的图案。

除了织绣之外，唐代的印染技术也是值得十分骄傲的。印染产品在当时称为缬，而唐代三缬——绞缬、蜡缬和夹缬，加上后来发现的灰缬在当时已经名扬天下了。新疆地区以及日本正仓院内都保存着极珍贵的丝质和棉质的印染产品，其中绞缬大多用于丝绸，在当时文献中已有鱼子缬、醉眼缬、团宫缬等名；蜡缬多用于棉布，多为蓝地白花，图案以几何纹为主；灰缬多用于丝绸，虽有损于丝质，但亦能染出深地白花、有时甚至是两套花的花鸟图案；夹缬是色彩最为丰富的印花织物，多者可到四五套色，图案往往形大，有作花树对鸟、团窠卷草瑞兽等图案的，最为富丽堂皇。除此以外，与印染有关的还有印金、贴金和泥金等作品，这在法门寺地宫中可以看到不少实例。

六、 宋辽金元

唐代可说是我国织绣史上的一个转折时期。自唐以后，中国织绣史就沿着新的方向发展了，宋代又是其中的关键时刻。

宋代前后约三百年，与唐朝相比，占据的疆土稍稍偏南，在北方还有辽、西夏、金，后来又是元，最后灭于元。因此，宋代的政治和经济重心都在逐渐地南移，到南宋后，我国织绣中心已转移到了以长江三角洲地区为中心的江南地区，在这一地区中，人杰地灵，文化发达，织绣艺术也达到了新的发展，与文人相结合的发展。

由于北方少数民族的加入，宋辽金元各朝变得空前地喜好织绣品，尤其是丝绸产品。最先建立的辽代统治者，直接继承了唐代的风格，从以定州为中心的北方丝织生产重地掠取丝织工匠，为契丹统治者生产锦绫等高档丝织品。从新近发现的大量辽代贵族墓葬出土织物来看，其织绣品量大艺精，出乎人们意料之外。女真金人统治者也是一个酷爱织物尤其是加金线丝织物的民族，从阿城金墓出土情况来看正是从金代起，加金织物被大量地应用。当然，宋朝的官营织绣作坊就更多了，在京城中，少府监属下的绫锦院、染院、文思院、文绣院等都是织绣生产的主要机构，其中绫锦院有织匠一千余人，织机四百多张，主要生产衣料；文思院下有绣作、克丝作等织绣作坊，主要生产各种装饰艺术品；文绣院共有绣工三百人，主要制作服舆中的绣品。除此以外，宋代还先后在西京、真定、青州、益州、梓州、江宁府、润州、大名府、杭州、湖州、常州、潭州等地设置过主织锦绮、鹿胎、透背、绫罗等各种丝织产品的场院。元代统治者对织绣品的喜好更是为他人所不及，其进入中原之后，就立即开始掠夺资源，收五户丝，并在各地以各种名目设置织绣专业生产的作坊多达几十个甚至上百个，而且管理极为混乱，但其生产量想必极大，元代的蚕桑丝绸生产曾一度达到极盛的高峰。

宋辽金元时期的织绣品种类有不少创新。各种以地络类组织为基础的花名织物大量涌现，这类织物使双色织物大量出现；绞纱组织采用了新的有固定绞组织物，大量二经绞织物与三经绞织物出现，与原先的四经绞链式罗并驾齐驱；三原组织之一的缎组织终于出现，但最先出现在织锦之上，到元代开始大量出现在暗花缎上；织锦多彩织物更是如此，组织多变，以致形成了宋锦系统。宋代官服上有大量用锦都属宋锦一类，其名目有八答晕锦、天下乐锦、翠毛狮子锦、簇四盘雕锦、盘球锦、云雁锦、方胜练鹊锦、方胜宜男锦、红团花大锦、青地莲荷锦、倒仙牡丹锦、黄花锦、宝照锦、法锦等。织金锦也大量出现，到元代称为纳石失，极为流行。绫的种类亦开始多变，各种以斜纹为基础的绫织物出现，宋朝官服、官诰、度牒及书画装裱等也大量用绫，据陶宗仪《南村辍耕录》载，宋朝御府所用书画绫引首和托里的名目有：碧鸾、白鸾、皀鸾、皀大花、碧花、姜牙、云鸾、樗蒲、大花、杂花、盘雕、涛头水波、重莲、双雁、方棋、龟子、枣花、鉴花、叠胜等。

宋元时期织绣艺术的另一特点是缂绣合流的趋势。缂丝在唐代出现，到宋代为止还是以实用品为主，宋代用缂丝制作大量服用品，庄绰《鸡肋篇》中记载有用缂丝织妇人衣服需花一年时间，洪皓《松漠纪闻》中也有回鹘人用缂丝织袍的记载。出土实物中更多的为缂丝帽、缂丝靴套等。此外，缂丝还常被用作装裱用品，周密《齐东野语》载绍兴御府所藏法书中两汉三国二王六朝隋唐君臣墨迹用缂丝作楼台锦裱。现存大量传世宋代缂丝多是以这种形式保存下来的，这也是缂丝向欣赏性艺术品发展的过渡。刺绣也是如此，虽然它还在服饰中大量使用，但也有更多的刺绣进行艺术化的创作，这可能是继承唐代刺绣佛像的传统。在此基础上，宋代开始出现大量织绣艺术家，如朱克柔、沈子蕃等，其缂丝作品有缂丝榴花双鸟、山茶牡丹、莲塘乳鸭等，其风格与宋代院画相似。

宋元时期的刺绣似乎还是多在生活用品和宗教用品间，但生活用品已不多见。在大量宋墓出土物中，仅有少量小件如荷包、肚兜等，但传世刺绣品大量的是宗教用品，也有一些山水风景小品，如《丝绣笔记》所载，有宋绣摩利支天喜菩萨、宋绣滕王阁景、宋绣滕王阁及黄鹤楼图、宋绣石榴飞蝶图等，传世品中也有刺绣白鹰图轴、瑶台跨鹤图等。

到元代前后约在十三世纪至十四世纪时，更有一种被称为环绣的艺术作品被较广泛地应用，这在近年收藏品中经常可以见到。

七、明

明代是中国织绣艺术史上颇为自豪的时代，自宋以来形成的具有中国特色的织绣传统在明代得以发扬光大，并确立其地位。

明代的官营织绣机构之大是前所未有的。在中央有南北两京的内织染局、工部织染所、南京供应机房和神帛堂，在外则设有23个地方织染局，浙江的杭州、绍兴、严州、金华、衢州、台州、温州、宁波、湖州、嘉兴，福建的福州、泉州，南直隶的镇江、苏州、松江、徽州、宁国、广德，山东的济南，还有江西、山西、河南、四川布政司，其中又以苏州和杭州两局规模较大。织染局内的工作包括织缂绣染，这可从《明会典》有关记载中看出，其工匠包括绦匠、绣匠、毡匠、花毡匠、毯匠、染匠、织匠、挑花匠、挽花匠、刻丝匠等等，所有有关棉毛麻丝的织染缂绣工艺全部都在内了。

官营作坊生产的产品主要是上用缎匹，如各色绢布、文武官员诰敕、龙衣等各色缎子纱罗绫织物。从明定陵出土大量丝织品的情况来看，各地上贡的品种名目十分繁多，占一半以上的是妆花织物，有妆花缎、妆花纱、妆花罗、妆花绸、妆花绢、妆花绒、妆化改机等，其余的普通品种名目也有缎、织金、丝、锦、纱、罗、绫、绸、改机等。妆花织物的图案除云龙通袖柿蒂龙袍、十二团龙、八团龙、四团龙、二团龙、二方补织成袍料之外，大多是以自然界的各种动物和植物为题或是以仙道宝物组成的吉祥图案，如动物中的鹤、鹿、麒麟、蝴蝶、草虫，花卉中多为四季花卉牡丹、莲花、菊花、芙蓉、茶花以及灵芝、兰花、水仙、桃花、梅花、萱草、葫芦花等，仙道宝物包括杂宝如金锭、银锭、古钱、方胜、犀角、珊瑚、云头、宝珠，再如八吉祥，包括法轮、海螺、宝伞、白盖、莲花、宝罐、金鱼、盘长等。此外，用人物组成的图案和以吉祥文字构成的纹样也十分丰富。

除官营织绣外，明代的民间织绣更是空前发展，特别是在江南地区。明朝中叶以来，织绣生产逐渐商业化，特别是丝绸织绣业，江南许多市镇都出现了专业化的织绣作坊，成为织绣业中的大军。在苏杭一带，织绣工匠都有较为自由的身份，可以较自由地为官营作坊或是私人作坊主进行生产。这种机匠之间的竞争以及在各作坊之间的流动，都带来了织绣技术的提高。

江南民间织绣的种类也非常多，但民间织绣品种主要是绫罗缎绸，其风格则受江南花鸟画的影响颇大，特别是缂丝和刺绣的风格与绘画艺术基本全合流。以顾绣为代表的刺绣艺术到明代已采用了完全的与绘画结合的路子，或是画为绣本，或是画绣结合，从目前传世的顾绣作品来看，此点十分明显。作品中有花鸟如芙蓉翠鸟，动物如射猎、松鹿，山水如溪山积雪等，特别是董其昌题顾寿潜妻韩希孟绣宋元名迹方册，更明显地反映了顾绣与书画结合的风格，其八幅分别是洗马、百鹿、女后、鹑鸟、米画、葡萄松鼠、扁豆蜻蜓、花溪渔隐。

八、清

对于织绣品的收藏者来说，清代是一个十分重要的时代。

清代御服制度的确立，满族统治者入关以后，即开始推行满族的冠服制度，其特点是马蹄袖、前额剃发、后脑蓄发梳辫，与明代汉儒宽衣大袖的风格迥异。这一改革引起了汉族人民的強烈不满，但清统治者強行推行这一制度。另一方面，清统治者也在相当程度上接受了汉族织绣文化的影响，如早在皇太极时，其龙袍上就采用了汉族的八吉祥图案，自乾隆皇帝起，其龙袍上开始应用十二章图案，所以清代的织绣艺术是基于明代基础上发展起来的。

江南三织造的建立　清代统治者对织绣艺术似乎更加重视。为了官服上的需要，清代统治者在明代官营织染局的基础上，在江南织绣生产的重要地区南京、苏州、杭州三地设立了江南三织造局。应该说，清政府对江南三织造以及其它类型的官方织绣工场还是十分重视的，一方面，它派出非常強的官员担任织造局的官员，另一方面，它有一整套完整的管理制度进行织绣的管理，如清代历朝分别修撰了《皇朝礼器图式》和《大清会典图例》等书籍，凡由內务府发至江南各织造局进行织造或刺绣的御用服饰，均依礼部定式或皇上命题由內务府或如意馆画师绘制重彩工笔小样，交总管太监呈皇帝御览，或经內务府大臣直接审阅后连同批件送发织造，织成匹料后再送到裁作、绣作、衣作分别在衣料上绣花、裁剪、缝制。江南三织造在清代官方机构的织绣工作中起到了十分重要的作用，几乎承办了清王朝所需的全部织绣精品。举凡帝后王公的服用，百官和外藩头人的赏赐，国家庆典的装饰，乃至祭祀天地祖宗所需的制帛、封爵的诰轴、校尉的驾衣、军士的绵甲等，几乎无不取之于三织造。清代前期，江南三织造的年产量约在每年近万匹左右。

清代织绣的技术比明代更进了一步，品种更多。织机技术与明代相比差不多，但也有发展，如机子的宽度较明代有了增加，明代最阔者达四尺，但清代织局制上供绢，“另置机杼运梭，有阔至二丈者”，二丈约当今之六米，不知是如何运梭，估计起码要有数人才能织造。花色的变化也达到了登峰造极的地步，清代已能织出风景图案，就连西湖十景的图案也被织上了缎匹。其余如普通织物品种之多，名目之繁，用料之精，化工之多，价银之高，真是叹为观止。在民间有的丝织品也是如此，各地都形成了各地的名产，如南京的宁绸、黑色缎、云锦，苏州的宋锦和花素纱缎，杭州的杭罗、杭纺以及花缎，湖州的湖绉、绫绢，镇江的江绸，嘉兴的濮绸。据当时日本人所作的《清国染织业视察报告》载，仅苏杭两地的特色产品就有摹本缎、素累缎、闪缎、罗缎、锦缎、洋缎、贡缎、五彩缎地百合锦、福乐锦、库金、冲圆金、西纱、局纱、纺纱、芙蓉纱、葛纱、四文纱、如意纱、熟官纱、八吉纱，亮纱、实库纱、芝地纱、官纱、经间纱、京纱、春纱、条纱、七丝罗、三丝罗、花生罗、金银罗、三丝罗、金银罗、秋罗、盛纺、杭纺、线春、春绸、宫绸、线绉等。清代织物的图案也在明代的写生花卉和吉祥寓意的基础上进一步发展，尤其是纹样的自由化和大型化方面更得到发展。晚清时流行在衣服上的一枝花图案，整枝花卉或是山水风景都被搬上了织物。特别是在慈禧时期，具有写生风格的兰花、竹子等十分流行，其它还有如荷花、菊花、牡丹等也能见于服装之上。此外，清代也流行适合纹样的团花图案，除团龙团凤团鹤团花之外，还有团寿团云等，其适合性特别強。

清代织绣除有大幅艺术作品外，更有大量小件饰品均用刺绣技法装饰，形成精美的小件饰品艺术流，充满民间风情。这些绣品大都也是采用中国画中的写生花鸟形式，但有时也用一首诗，或是一种器物，是清代织绣艺术的重要组成部分。

九、民国

从晚清起，我国织绣业就出现了各种近代化的技术因素。如光绪时期的洋莲紫，就是一种国外进口的染料染成的色彩，其色光特别，曾风靡一时。但真正的织绣史上的近代化运动则是从民国时期开始的。

我国机织业的近代化标志是提花织机的应用。我国最早引进的提花织机是在 1912 年，苏杭两地均几乎同时地引进了日本式的手拉提花织机，这种织机上装有飞梭装置和贾卡式提花装置，所以也称位机或龙头机。1915 年前后，杭州等地又引进了以电力为动力的电力织机，到二十年代，江浙一带已经普遍使用，电力机上常带有棒刀装置和多梭箱装置，提花机的针数也有大量增加，织出的织物也品种翻新。国外新颖的意匠法传入我国，使我国设计人员在品种设计上有了不少创新，设计了各种多色多组织构成的织物，如杭州的纬成缎和绮霞缎，苏州的马花缎、丝枪缎、天孙葛和缎花，都是铁木机和电力机的产品，而古香缎、织锦缎等新品种的产生则是棒刀和多梭箱装置的结果。更为出色的提花新品种是都锦生发明的丝织风景织物。1922 年，都锦生丝织厂建立，马上开始生产系列的西湖风景织锦，还有名人书画作品，这种织锦是采用专门的像景织物意匠法进行生产的，在世界上也属独创，马上就引起了杭州本地多家丝织厂的仿制。先后有启文、国华等数家企业在三十年代也生产像景织物。

在 1918 年前后，我国机织界开始把人造丝应用于织物之中。人造丝价格低廉，强度好，而且与真丝的染色性能不同，是改善和取代真丝原料的竞争者，此外，由机器生产的厂丝也以其较好的匀度、强度受到丝织业的欢迎。由于有人造丝和厂丝的加入，织物品种也因此有了不少的增加，向国外学习得到的花巴黎缎（花软缎）、克利缎、鸳鸯绉、雁翎绉和罗马锦等，都是利用真丝和人造丝染色性能差别进行生织套染的两色或三色新品种。再如明华葛、华赉司、羽纱、孔雀绸、线绨等经面织物等是用通过浆丝的人造丝作经的经面织物，而全部用厂丝为原料的织物有高花缎、双梭绒地绢、电力纺等。

二十世纪初起，国外的练染技术进一步影响我国，丝绸精练又采用平幅精练，与此关系较为密切的各种花素绉织物如锦地绉、碧绉、留香绉、芬芳绉等的外观均有较大程度的改善。此外，印花技术也有了较大的提高，各种新型的印花技术如雕印、拔印等均已出现，而且有着极佳的效果。1919 年成立的中国机器印花厂和 1920 年成立的上海印花公司也曾生产大量印花织物，使印花织物逐渐在大众中流行。刺绣的技术改变虽然不大，但也有明显的存在。如四大名绣的商品化，抽纱、钩针编结、机织花边等生产的商业化。

近代织物图案中的主要内容还是传统纹样，但在沿海地区还是越来越明显地受到欧洲纺织品图案的影响。如流行于十九世纪末到二十世纪初的新样式艺术，常用母题有藤木植物、盘绕的绦带、火舌、水、麦浪，以及各种菊花、百合花等；另一种迪考艺术流行于二十世纪初，是一种源于巴黎的装饰和建筑设计风格，纹样多用裸女、鹿、羚羊、卷叶、束花等为主题，色彩鲜艳清新，构图多为对称，在上海等大城市中有着较为广泛的应用。此外，近代纺织品中的另一大趋势是简单几何纹即条格纹的流行，它成为最基本和最重要的纺织品图案。

第二章　织绣的收藏史

织绣不如玉器、陶瓷、青铜器和字画那样受到收藏家的重视，它作为藏品文玩的历史也较短。相对而言，古代或传统织绣的集藏，在国外比在国内更为广泛。兹分而述之如下。

一　国内的收藏史

关于各种织绣品类较早较全面的记载，往往见于正史中的“舆服志”。在这类史籍中，织绣品仅仅是作为区别等级的标志的服饰材料被记载下来。但是，由于锦绫绣的贵重，所以详载入库以备选用，多少也带有一点“典藏”的意义。织绣品常常成为古时帝王赏赐功臣将士之物，《宋史·舆服志》就记有当时赏赐的锦袍花色有翠毛、宜男、云雁、狮子、宝照等七种。被赐者常常引以为荣地将这种被赏赐之物珍藏起来而并不真正使用。这样的珍藏虽然还不是现代意义上的收藏，但确实也更接近了一步。

宗教题材的织绣品为人所敬惜，也较早成为人们珍重收藏的对象，尽管收藏的目的迥异于现代收藏。唐《乐天集》曾记载白行简妻京兆杜氏绣佛像“纫针缕练，络金缀珠”。

宋代起讲求书画的装裱艺术，锦绫绎丝多作为装裱材料而被收藏，当然也不同于鉴赏性的收藏，但是，这样一来，它毕竟与艺术品有更加密切的关系。宋周密《齐东野语》在记载南宋绍兴御府书画用缂丝及锦绫装裱的花色有 15 种之多，元代陶宗仪《南村缀耕录》记载了锦裱和缂丝裱 47 种，引首和托里所用之绫 26 种。单是其名目如“天下乐”、“银钩晕”、“紫曲水”等就给人一种古色古香的之感，使人产生收藏的欲望。

中国人传统地重视穿着又提倡节俭，所以有珍藏布匹衣物之习惯。除了极贫困者，家家都有“压箱底”的织绣衣料。极富者的这种“藏品”，有许多不合实际使用，而成了眞正的收藏品。详细记载明代严世蕃抄家物品的《天水冰山录》中，开列的织绣服饰数量巨大，即为一例。这些被郑重收藏以备使用但始终未被使用的织绣，到了后世往往眞的变成了博物馆和私人藏家之藏品。

眞正使织绣成为典藏品的开始是缂丝的书画化以及书画绣的出现。缂丝产生之初，也仅用作服饰材料如腰带等，其图案也较为简单，但它很快被用来仿制名家书画。五代两宋以工笔花鸟为粉本的作品，常常能被表现得与原作形神俱似。南宋在缂丝匠朱克柔和沈子蕃的手中，缂丝书画甚至可以与任何一位同时代艺术家的作品媲美。这一类缂丝便成为最早的织绣藏品而被像书画一样地收藏。

同时，作为女红的一种刺绣被一些名门闺秀用来摹制古代名人书画。明代隆庆万历（1566-1620）时期，上海顾名世致仕归家乡，辟所居为露香园。其家眷多能刺绣，劈丝配色，别有秘传。她们多以山水、人物、花鸟为题材，达到“无不精妙”的程度，世称顾绣。其中特别聪颖的，如顾名世曾孙女张顾氏和族孙媳韩希孟，能画善绣。后者的作品中，有仿宋元名迹册八帧。这类绣品，世称“画绣”，受人珍重的程度，一点也不亚于书画。

以上的缂丝和刺绣作品，至迟到明代，已有被人郑重收藏的正式记载。辽宁省博物馆库藏的《绣线合璧》六帧，早期为明代弘治年间的张习志收藏，后经明后期桂坡安国和文从简递藏，清初安岐《墨缘汇观》著录。其中的朱克柔缂丝《牡丹》本为《五代宋元集册》引首，朱克柔缂丝《山茶》原为《唐五代两宋集》引首，南宋绣《海棠双鸟》原为《名画清赏花鸟集册》引首。此外，著名的书画鉴藏家项子京，也曾收到过一幅明缂丝花鸟图轴（现藏于台北故宫博物院）；大书画家董其昌则为韩希孟的刺绣书写对题（韩之丈夫顾寿潜为董其昌弟子）。由此推知，明代的鉴赏家，把这些原来是装裱材料的缂丝汇集在一起，成为正式的典藏品。

入清以后，清皇室成为织绣艺术的最大收藏者。《石渠宝笈》诸编中著录了清室收藏的各种书画缂绣，其中包括《缂丝赵昌花卉图卷》、《缂丝芙蓉双雁图轴》、《缂丝岁朝花鸟图轴》，沈子蕃《缂丝花鸟轴》、《缂丝梅花寒鹊图轴》、《五代缂丝富贵长寿图轴》等。民间的藏家为数也不少。康熙年间的耿召忠曾为一幅《宋缂丝仙山楼阁》题写签条。沈子蕃的一幅《梅花寒鹊图轴》，嘉庆以后先入果亲王府，后又成为蕉林梁氏的藏品。另一幅南宋缂丝《青碧山水图轴》，曾被周大文、戴培之和四明黄氏家藏。

中国的世家大户常有保藏祖先衣冠的习俗。清代甘泉黄文曾作《先世衣冠歌》，记述了阙里孔氏在家中诗礼堂保藏和陈列古代至明清祖先服饰的情形。此外，中国人以节约为美德，知道织绣品千针万线来之不易，所以即使是一般布衣，也不轻弃。宫廷宫库中收藏前代衣帛，即使零料也不丢弃。明代内库和“承运”、“广惠”、“广盈”、“赃罚”四库中，甚至还有宋元的旧物；而明代永历至万历年间刊印的《大藏经》，其封面装裱所用的锦绫，多有用库中的零料裁成。至于民间，家家都有压箱底的衣服或衣料，由母传女，代代相传，以至百年旧物仍然平整如新。这种习俗，在不少地方，一直保持到本世纪上半叶。至今在全国各地的旧工艺品市场上，还不时可以发现。

晚清民国期间，来华的外国人大量收购中国古代织绣品乃至旧服饰用品，使得中国的古玩商人醒悟到古旧织绣作为藏品或商品的巨大潜力。美国人福开森（John Calvin Fergnson）1886年来华传教，数年后就开始到北京琉璃厂古玩铺收购中国文物。我曾在南京大学历史系资料室看到他收藏的一册《观斋集锦》，共38开，收锦缎78片，其中有宋锦1种、明锦8种、康熙锦缎25种、乾隆锦缎30种、嘉庆3种、道光8种、咸丰1种和同治2种。福开森在清末也喜着朝褂朝裤，足登朝靴，头带花翎；入民国后也仍穿长袍马褂，缎鞋布衣。

这时收藏织绣最有名的是朱启钤。朱启钤字桂莘，曾任北洋政府内务部长、营造学社社长，曾撰有《存素堂录》、《丝绣笔记》、《缂丝书画录》、《刺书画录》等有关织绣艺术的专著。朱的收藏，以书画为主，兼收宋明锦缎。福开森的藏品中，不少是朱启钤的旧藏。现在藏于辽宁省博物馆的宋明织绣精品，几乎都曾经为朱氏藏品。日本曾有人出价百万向朱启钤收买他的全部藏品，朱不为所动。三十年代，朱把他的藏品以20万元的代价让给了张学良，藏于当时奉天博物馆内。朱启钤是近代中国重视织绣艺术的鉴赏和收藏的第一人。

民国时期北京琉璃厂一带开始有人经营织绣，主要有服饰、绣品、缂丝、织锦诰命、活计地毯等。在琉璃厂开设长达43年的大观斋，经营缂丝颇有特色。1925年，大观斋经理人赵佩斋曾化120元得到一幅乾隆时期的花鸟缂丝，卖了1200元。琉璃厂东门外路北的鉴古斋，也经营缂丝，经理周杰臣与缂丝打交道20年，鉴别修整都有一手。周杰臣曾经手卖给日本山中商会不少缂丝。他的顾客中收藏缂丝的，还有著名京剧艺人梅兰芳和广东番禺人冯耿光。竹实斋的崔竹亭，也精通整修缂丝。此外，一些挂货铺如前门大街的祥和号也出售过缂丝。

民国期间的缂丝收藏家还有一个法国留学回来的刘符城。刘符城在北京政府机关工作，他将每月薪水的一半留存买缂丝。到了解放初期，刘符城手中还有 6 幅乾隆缂丝。他想卖给国家，但当时无人识货。

服饰在南方被称作绣品，而在北京等地叫绣货，其中又可分绣衣和绣片。尽管服饰品中不少是绫罗锦缎一类织品制成，但古玩行业的人还是笼统地称之为“绣”。民国期间收藏织绣的中国人不多，但外国人对此兴趣不小，所以经营此业的商人也颇多。1921 年前后，北京西湖营一带就是著名的绣货街。

零碎绣片或衣片，以及荷包褡裢扇套和眼镜盒等，被称作“活计”，在北京则有一些官宦人家的后裔穷困潦倒，把家中先人所用之物，其中包括历代帝王的赏赐之物，都卖到串街走巷的小贩手中。

古旧地毯是织绣中的一个特殊种类，其中被人收藏的有线毯、宁夏地毯（毛）、男工地毯（毛）和藏毯等。北京前门大街奇珍祥挂货铺就以经营古旧地毯著称。但是，迄至民国时期，国内人士以此为收藏目标的为数极少。

解放初期到文革结束，国内收集织绣的藏家不多，只有少数专家和研究人员对此颇有兴趣。著名作家沈从文，五十年代开始从事中国织绣和服饰史研究，不但为博物馆征集这方面的文物，个人收藏也不少。中国社会科学院历史研究所的王亚蓉，以清代以来的民间刺绣精品集藏为人注目，曾著有《中国民间刺绣》一书，其中图录多选自她的个人藏品。这种学者型的藏家，还有中央工艺美术学院的黄能馥教授，北京服装学院的李克瑜教授，以及曾在贵州工作的范明三先生。他们收藏的特点，是从个人的研究出发，并不着眼于其市场价值。

上海的包畹蓉以收藏戏服著称。包氏本为浦东医生包句香之子，一生喜爱京剧，从玩票而下海。他的收藏，本是从演员添“行头”出发；他本人又擅设计戏剧服装，特请了匠人在家中制作，用料也极为讲究。这类他历年自己设计加工定制的戏服占了他藏品的绝大部分，而梅兰芳、黄桂秋等名家所用的戏服为数不多。此外，也出现了一些以“金莲”（小脚鞋）、补子、荷包、扇袋为专题的织绣品藏家。

文革结束之后，收藏热慢慢升温，至九十年代则成为高潮。在全国各地的收藏大军之中，专门的织绣藏家仍然为数不多，但兼及于此的人要多一些。同时，北京的琉璃厂和虹桥等处，西安的兵马俑展览馆外，上海的福佑路和东台路市场，都常有织绣品出售；国内的艺术品拍卖会上，缂绣也偶有出现，与书画金石文玩一起拍卖。

以收藏织绣品和服饰著名的博物馆，首推北京的故宫博物院。它的收藏，主要为清代的宫廷织绣，其次为明代之物。品相完好，品种以精品极品级为多是其特色。解放以后，各地博物馆和文化馆也把其他朝代的一些有代表性的优秀文物送到故宫博物院。此外，荆州地区博物馆以收藏江陵战国楚墓的织绣品著称；湖南省博物馆以西汉马王堆出土的服饰织绣闻名于世；新疆维吾尔族自治区博物馆则以丝绸之路上出土的汉唐织物为主；福建省博物馆以南宋黄昇墓出土的一大批女性服饰品著称；辽宁省博物馆以清宫及朱启钤旧藏的宋元明织绣艺术品为世人瞩目。专门的丝绸或纺织博物馆有杭州的中国丝绸博物馆、南通的南通纺织博物馆、苏州的苏州丝绸博物馆和南京的中国织锦陈列馆。但是，这些专业博物馆成立较迟（多为 1980 年代以后），所以藏品不多。

二、海外的收藏史

织绣文物在海外所受到的重视，远较国内为甚。日本是最早对中国织绣感兴趣的国家之一。隋唐时期有大量的日本“遣隋史”

和“遣唐史”来中国，表面上是为了结缔睦邻友谊，实际上是为了输入中国文物，其中包括大量的绫锦。这些织绣文物，至今尚完好的保存在法隆寺和正仓院等处，其中有罕见的蜡缬、撮缬和晕间锦等品种。但是，海外中国织绣的私人收藏却要到近代才蔚然成风，并且以欧美人为主体。

十九世纪来华的传教士和商人开始收购中国的织绣和服饰，作为藏品也作为实用物品。他们的着眼点，在于中国织绣和服饰从质地、图案、色彩和款式所散发的异国情调，而不一定注重其历史、文物和艺术方面的价值。他们在回国时，常常把他们在中国收集的织绣品带了回去，或存放于家，或捐赠给博物馆。1987-1988 年间，我游学北美，在美国和加拿大看到很多这样的藏品。欧美人把织绣看作是与女性有着更为密切关系的艺术，所以随着妇女解放运动在本世纪的发展壮大，织绣艺术受到重视的程度也愈来愈高。我曾借住于多伦多一银行家的住宅，他的客厅近楼梯处就陈列着一件清代箭袖龙袍。在安大略皇家博物馆的库房里，我看到仅晚清民初的中国服饰织绣品，就在 2500 件以上。这些藏品几乎都是捐赠物，在电脑中可以查到捐赠者的姓氏和捐赠物的来源。这些捐赠物也都几乎由他们自己或长辈购自中国。

二十世纪开始，国外的一些考古学家在丝绸之路沿途发现不少中国古代丝织物，引起了收藏家对汉代等较早时期中国织绣品的注意。例如斯坦因（S.A. Stein）1900 年在敦煌和 1913 年在新疆楼兰所发现的汉代丝织物；大谷光瑞在 1902-1914 年以及 1927 年赫丁（S.Hedin）在新疆的发现，等等。这些出土的汉唐织物与明清传世品相比，大多残破少有完好者，但图案古雅常常具有更高的历史和审美价值，因而也多为学者型的藏家所垂青。

随着对织绣品收藏的兴趣的扩大，着眼于收藏的织绣品研究从单纯的考古和历史的学术研究中分离出来，并出现了织绣品鉴赏收藏类的专门杂志。其中最著名的为英国出版的《哈里(Hali)》。《哈里》作为一本“国际性的古代地毯纺织品艺术杂志”，理所当然地对中国织绣品以相当多的篇幅。该本杂志图片精美，文字翔实；除鉴赏评析类正篇大论，还辟有“拍卖信息”和“画廊”等商业性较强的报道。在一般艺术品鉴赏收藏类的杂志中，有关织绣品的文章的比例也慢慢增加。如1970年创刊的《东方（Orientations)》月刊是一本以亚洲艺术品藏家为目标读者，其中就有不少关于中国织绣品的文章。可以说，时至今日，中国织绣品的收藏在海外已经成为具有相当重要性的领域。

除了私人藏家，海外博物馆中也有相当精采的中国古代织绣品。如伦敦的维多利亚·阿尔伯特博物馆中就有数量既多质量又高的中国染织绣文物，其中尤以汉唐织物为佳。该博物馆近年来还开始注意搜求本世纪上半叶的中国服饰，以致对海外的文玩市场上这类东西的价格产生了影响。加拿大多伦多市有一家巴塔(Bata）鞋博物馆，其中收藏的中国小脚绣鞋以及旗人的花盆底非常之多。金莲鞋的收藏者较多，如台北的柯基生和美国的格兰·罗伯士（Glenn Roberts)。

第三章　织绣的种类

几乎所有的织绣品都可以收藏，也都有人在进行收藏。适宜于收藏的织绣品可按用途或款式分成织物类、服装类、装饰品、欣赏品等。

一、织物

织物是指成片状、未经裁剪的织物，它既可以是一匹完整的匹料，也可以是本身就织成的巾帕之类的物件，也可以是衣物残破之后的残片。

1、**匹料**

匹料是织物织成时最初的形式，织物可以是素的，也可以是花的，但花样必须是均匀分布的，通匹上下并无区别。匹料均有一定的规格尺寸，历代各有不同。最早的织物规格记载可见于汉代，当时是宽二尺二寸、长四丈为匹，即相当于今之宽约 50 厘米、长约 920 厘米。马山一号楚墓和马王堆汉墓出土有大量带有幅边的织物都证实了这一点。到唐代前后，织物规格有了一定的变化，当时的文献记载，唐代织物以一尺八寸宽和四丈长为匹，由于唐代的尺有了变化，较之汉尺为长，因此实际上唐代织物的门幅并无变化，基本上还是约 50 厘米为宽，但在长度上却有了变化，约相当于 12 米为匹的长度。唐代还有一种织物规格叫张，张是一种在宽度上大于匹、在长度上却大大小于匹的锦织物，一般情况下一张的尺寸为宽约一米、长约为二米，在当时被称为大张锦。五代之后，织物规格渐渐多样化，各种大小织都涌现出来。在门幅上，有的可以窄到 20 厘米左右，宽到 70 厘米左右，在长度上也可据织物用途有所不同。明清两代，织物规格又有变化，但其门幅总体上来说是在 70 至 80 厘米之间，当然也有特别大的。

完整的匹料会带有幅边，这是我们知道织物经纬方向或是门幅的最直接证据。更为难得的是织物的机头，即织物在织制之初的部分，在机头上，往往有一些平时难以发现的信息，如织物的整经方法，织物上机方法，织物的经纬方向，甚至有些织物上往往织有工匠的姓名或是织物生产的地点或工场。这对我们鉴定其产地或是年代有着极为重要的作用。

2、袍料和衣料

约在五代时候起，出土织物中发现有织物图案与服装款式密切相关者。也就是说，当时的织物图案已考虑到了服装的款式要求。这类织物，或许源于早期的织成，据考证，织成就是一种按照最后的成品款式要求织出的料子或是物品，如是鞋子就直接编成鞋子，如是织成袍子或是衮衣等则是先按衣服的式样在织物上织出图案，再将织物按图案裁下，就能直接制成袍子或是衮衣。这种料子，我们一般称为袍料，尤其是到了明清时期，织成袍料更多。图案如是龙纹史料上称为妆缎，即妆花缎龙袍料；图案如是蟒，则称蟒缎。

在清代，还有一种规格介于匹料与袍料之间的丝织物面料，我们暂将其称为衣料。这类衣料，它并非像一般所谓的织成匹料那样按照设计好的图案通匹循环，也不像袍料那样完全根据龙袍的款式和尺寸织成，其图案是按一定的规律排列，考虑到制衣时图案的方向性，可以说它是一种半织成，其匹长有二丈五尺、四丈等各不相同，在史料中则记为二联或四联，一联就是织一件服装的衣料。一般来说，袍料或衣料的收藏价值更高于匹料。

3、巾帕

有时候，织物可以直接织成一段段的图案，这类织物通常可作巾帕用。所谓的巾帕，形制非常简单，只要将织物一段段裁开即可。巾帕在历代都有出土，法门寺唐代地宫中出土了各种巾帕，数量很大，有包裹巾、揩齿巾等；山东邹县元代李裕庵墓出土物中也有一块丝帕，上面还织有人物、仙鹤、小鹿、寿山福海铭文和诗句:“右词寄喜春来，敬愿祝南山之寿，绞绡色胜秋霜，莹样质光，凝皎月明，金童玉女称纤擎香，又整宜献老人星。”到明代这类巾帕的发现更多，很多墓中都有出土。特别是嘉靖年间的江苏泰州徐蕃夫妇墓和万历年间的贵州思南张守宗夫妇墓，均有大量巾帕类织物发现，其形式一般都是在织物两头有二方连续的图案作边，中间则是四方连续的图案，在边上还常常织有文字，有时为万寿、良货通京之类的吉语，有时为织作者标记，如孟、黎凤庵记等，特别的是江西九江出土的明代南京局造团龙清水头巾上除南京局造之外，还有声远斋记和清水等铭文。这些巾帕织物大多用作手帕或头巾。

清代留存的巾帕数量也非常大，而且都是整幅料子做成的。织物宽度一般较窄，在 40 厘米上下，长度却是一米二米不等，比较随意，中间段素织，两端织有少量花边，再加上刺绣图案。

4、残片

对于早期织物来说，残片也是很好的收藏对象。早期的实物由于量少而特别珍贵，尤其是像新疆等地出土的织物残片，色泽如新，具有较高的收藏价值。另有一些原藏于佛殿庙堂之中的佛幡残片或是从佛经封面揭下来的经皮子也非常有意思。

二、服装

服装是织绣品收藏中的大类，国内国外都是最受重视的。从用途出发，服装可以分成好多种，如祭服，祭服是最为贵重的服饰，是人们在从事祭祀活动时所穿的衣服，具体地还要根据祭祀的对象不同来区分，如在祭天时用大裘冕，祭先王时用衮冕，祭先公时用鷩冕，祭山川时用毳冕，祭社稷时用希冕，一般小祭用玄冕等等。在帝王的祭服上，还常常装饰十二章纹样，不同的冕服所用的纹章数也不相同。朝服，这是用于朝会时的服装，是古代帝王与臣僚们的议政之服。公服，又称常服，是古代官员在衙署内处理公务时所服的代表各自品秩的一般官服，通常称为官服，由于它还可以省却许多繁琐的佩挂，故又称为省服。以上三类通称礼服，而便服则是帝王将相以及黎民百姓在家燕居时所穿的衣服，是日用服装，也是我们目前最为常见的服装。除此以外，还有戏服、吉服、凶服、军服等在特定环境下穿着的服装。少数民族的传统服装，也可分别作专题收藏。

普通的服装根据服用部位可分为衣、裙、裤、帽、鞋袜等，其中又以衣的变化最为丰富。

1、衣

中国古代一直就有上衣下裳的说法。衣一般是指上衣，但也包括上下相连的款式，如袍或长衫。因此，衣可根据衣身长短、有袖无袖、袖宽袖窄、束腰松腰、领口形式等进行区分。但我国古代历史上各时期的衣服均有变化，名称亦各不相同，因此很难用一种历史的通称进行定名。在此，我们只能以清代的服装为例将其分为袍、衫、褂、袄、坎肩等。

袍一般是指衣长过膝且有夹层的长袖上衣。我国古代的衣就是一种深衣，衣长至地，袖亦长，有宽窄之分，但身上部分可由衣襟缠裹。到北魏开始流行缺胯袍，这是一种来自北方游牧民族的袍式，其下摆甚宽大，左右开衩较高，较宜于马上行动，这种袍式一直影响着后代，成为唐宋辽元时期服装的主要潮流。明清时期，袍一般为大襟、交领，衣长过膝，袖有极宽者，如明代直掇袍，有平袖者，如清之旗袍，也有用马蹄袖者，如清之龙袍。从元代开始，袍的款式中出现辫线袍，腰部的辫线将袍分成上下两段，犹如早期的上衣下裳，因此在明代受到了极大的欢迎。明代服装中出现了一种束腰袍裙，袍的上部为右衽交领，袖有宽窄两种，腰有中部作襞积，下摆如裙，打竖向细褶。这种袍裙式样也影响到清代的朝袍，这也是一种右衽大襟、马蹄袖、束腰细褶的款式，只不过是其纹样有所不同而已。

衫似乎在南北朝时期开始流行，当时衫的特征是单层、直襟、宽袖，常为一些江南文人所喜服，也有夹层者，称为夹衫，但决无充绵者。到唐代，一些交领或圆领的、长至腰膝之间的窄袖上衣也可称为衫，下摆加栏的称为栏衫。清代衫的形式与袍相似，但较单薄，如许多女衫与旗袍就很难区分开来。有时候也可以有其它的称呼，如衬衣、氅衣等，都是用于特定服用对象时的特定称呼，其间大同小异。

褂是清代北京对对襟的上衣的称呼。褂有衣长衣短、袖长袖短之分，如男子官服中的补褂、女子服饰中的龙褂与吉服褂，都是衣长过膝、平袖、圆领对襟的式样，只是补褂用补子图案，龙褂用八团团龙补，吉服褂就用其它团花补。而最为著名的是身长较短的马褂。清代马褂以短身、窄袖为特点，但其用襟却有很大不同，有用右衽相交者，有以对襟直领者，还有用琵琶襟者，十分多样化。在女短褂中，袖的变化也很多，有长到可挽袖者，亦可短半宽袖者，但在袖口上一般都饰以各种图案。

衣之短袖者亦不少，一般可称为半臂，唐代有短身之半臂，元代有长身之半臂。而衣之无袖者在清代十分流行，往往有专门的名称。如短袖者在唐代被称为半臂，唐代半臂衣身不长，而到元代半臂衣长如袍。在清代，无袖之衣亦有，身短者可称背心，但一般称为坎肩。坎肩的领式变化也多，有大襟者、有对襟者、有琵琶襟者，还有一种一字襟者，类似于巴图鲁坎肩。而身长者可称褂，如右衽大襟的朝褂，对襟直领的朝褂，一般妇女服有时则称为褂兰，就是一种长坎肩。

2、裙与裤

中国古代早期的裳其实是一种系于身体腰部的围裙，下摆一直拖到脚上。到战国上衣演变成深衣时，裳也就逐渐失去了其用处，变得可有可无，只是在祭礼等重大活动时才被用来装点。但是裳的式样，到后来被裙所继承。

明清两代，裙的款式相对还是比较简单。明代的裙有单片裙和两片裙之分，但以两片裙居多。明代两片裙均连于同一裙腰之上，每片由两幅半到三幅织物料拼成，与腰接处打褶，两片之间约有半幅宽度的交叠，裙片无其它饰物，简单明了。而清代裙子一般都有镶边，装饰较多，有栏干裙、马面裙、百褶裙、鱼鳞裙、凤尾裙等等。除凤尾裙外，其它裙的款式都非常相似，前后均有裙门，即一块宽约 20 厘米左右的平幅织物，而裙门之外则为打褶区。如在裙门下部进行花鸟虫蝶的刺绣装饰，则为百褶裙；如基本无装饰，则为马面裙；如打褶区中再用栏干边区划，则为栏干裙；如细褶用丝线交叉串联，拉开时可呈鱼鳞状，则称鱼鳞裙；如此时以大红为地，整裙作喜庆效果，则应为红喜裙，大婚之时用。而凤尾裙是将织物裁成窄条，每条绣花，镶以金线，再连接成裙状，犹如凤尾，一般套于其它裙外，作为新娘的婚礼服用，在舞台上则成为舞衣。

中国早期基本都是开裆裤，它与上古时期的上衣下裳以及后来的深衣制相配合。直到战国赵武灵王胡服骑射时，才有部分人开始采用少数民族的满裆裤形制。但此后的唐宋乃至明代，开裆裤与满裆裤一直是相互并用不悖的，只是满裆裤所占比例越来越大。明代开裆裤作直筒形，而满档裤腰大裆大，腰围一般在一米以上，系缚时往往要折叠后才行。裤的形式还有套裤，套于一般裤子之外，前面到腰，后部则露出臀部。

3、帽

冠帽也是中国古代服装中非常重要的部分，尤其是男帽的顶子变化也是十分丰富。一般来说，可以分成官帽、便帽和童帽等几种。

明代的官帽一般称为乌纱帽，用黑纱制成，帽两侧还带有两个帽翅，这种形式是由唐代的幞头直接演变过来的。到后来，乌纱帽成了人们对官位的代称，直到清代，宫中戏服中仍用乌纱帽作为官服的标志。明代帝王冠饰中还有一种折檐帽，顶上再饰其它宝物，以显示皇家气派。这种形式的冠帽，后被清代所继承，成为清代官帽的基本式样，冠体为圆顶呈斜坡形，冠周围有檐边，有折檐，也有斜檐，冠顶除镶嵌各种宝石外，还有翎子，最贵重的是花翎，即孔雀翎，此外还有蓝翎、染蓝翎，称为顶戴。

明代士人戴巾子者极多，如儒巾、软巾、东坡巾、四方平定巾（四带巾）、四周巾、纯阳巾、老年巾等，均是用单层织物缝制而成，或飘逸，或凌空。而当时的最流行的帽子是瓜皮帽，又称六合一统帽，由六块罗帛拼缝而成，裁成瓜皮形状，六片合缝，下有帽檐。这种帽子一直流行到清代，又称便帽，亦有变化。

妇女头饰有抹额或称眉勒，用两片椭圆形遮于前额两边，称为抹额，由于其遮于眉上，故而又可称遮眉勒。此种抹额通常由黑绒制成，上绣各种花样或装以珠宝和银件。在南方主要用于年岁较大的妇人，在北方则普通妇女均戴以御寒。

童帽亦是人们所感兴趣的收藏品。童帽一般由极为鲜艳的织物加上刺绣而成，有的在两边装上狗耳或兔耳，有的在帽前饰以虎头，有的还在四周饰以各种花边或饰件，一般被人称为虎头帽。

4、鞋袜与手套

鞋子在中国古代也是重要的织绣品，“足下丝履五文章”，这句话说道出了人们对鞋子的看重。直到今天，也是如此。

鞋子的种类一般分为靴子、鞋履，靴子有帮，而鞋履无帮。中原地区在古代时一般均服鞋履，靴子是由北方民族传入中原的，但很快就得到了普及。靴子在唐代已作为官服的一部分而加以明确。这种情况一直沿续到明清。明代官靴一般用皮制成，色黑，如用缎等织物制成，也得染成黑色，称为皂靴。清代官靴有尖头和方头两种形式，一般人穿快靴，帮短而底薄，便于行走。

宋代以来妇女普遍缠足，其鞋形成特有的弓鞋，俗称小脚鞋。此类鞋是中国封建礼教摧残妇女的一种见证，但由于其上绣有各种精美的图案，亦成为收藏家的热点，或因其带有明显东方特色的作品，也为国外收藏家所瞩目。但清代满族妇女并不缠足，在宫中穿的则是盆鞋。

袜子出现在秦汉时期，一般均用丝织品制成，软底有帮。唐宋时期有着极为精美的锦袜出土，明清袜子帮更高，亦有用布、毡、绒料者，其中以羊绒袜为最贵，保暖性能最好。

三、装饰品

作为装饰用的织绣品种类很多，一类是用于居室的如地毯、壁挂等，一类是用于身上的佩携品，许多用织绣品制成，在日常生活中能经常见到；另一类是书画装裱用的线织品。

1、居室用

用于居室装潢的一般都体形较大，这一类包括挂于墙上的壁挂、屏风，铺于地上的地毯，陈设于床上的帐子、被褥、枕头之类，用于室内的靠垫、引枕、桌围，但挂于墙上的也经常可划入欣赏品一类。这里较为重要的地毯，在国内外收藏者甚多。其次，桌围椅垫也属于珍贵的收藏品。

2、服装用

与服装直接相连的补子与绦带，它本应与服装相连，但人们在收藏时却经常单独收藏，这也可以作为是一种装饰品。

补子的形式从元代开始出现，到明代已成为官员的品位等级的徽识。史载洪武二十四年（1391）朱元璋定文武百官常服上所用补子的图案，文官用鸟，武官用兽，到清代仍基本沿用，只是次序稍有调整。官补一般为方形，前后各一，明代补服有直接织入者，也有钉缀者。到清代一般以钉缀者为主，胸补分成两个半片，而背补为整片。甚至还有补子中的主题纹样也是再一次钉缀上去的情况。

除各种官补外，还有各种应景补子。明代宫内在正旦节用葫芦景补子，元宵节用灯笼景补子，清明节用秋千纹补子，端午节用五毒艾虎补子，七夕用鹊桥补子，中秋节用月兎补子，重阳节用菊花补子，冬至节用阳生补子。此类补子，在香港一位英籍藏家就有。清代服装中也有大量团补，专用于吉服，也是先绣好或是织好，再根据款式钉上去，如各种八则团龙补和团花补，团花补中有仙鹤、凤凰、牡丹，万寿等各种纹样。

绦带也是服装装饰中的一个重要手法，中国自古就有用织锦或编诸作为衣服领缘的传统，到清代则专门出现一种称为栏干的绦带，用于服装的边饰镶滚，尤其是晚清氅衣，镶滚更为讲究，有领托、袖口，衣领至腋下、侧摆和下摆处镶滚更为艳丽。当时有人说这种衣服是衣身居十之六，而镶条居十之四了，同治年间京城还有十八镶之说，专指当时镶边的复杂。因此当时织制花边的生产也十分兴盛，以至今日也有专门的绦带收藏家了。

3、佩携用

佩携类中亦可以分成两大类，一类是女用装饰品，一类是男用的小件活计。女用者如霞帔、彩帨、怀裆、围巾、云肩等，似乎与服装的关系较为密切，也可被作服装中的一部分。而平时见到较多的是男性的小件饰品，平时称为活计，如香囊荷包之类。

荷包是小件绣品中最为常见的一类，一般用于盛放香料，也作为佩饰。荷包源于香囊，出现甚早，位于丝绸之路上的民丰尼雅遗址中曾出土过丝质的刺绣香囊，到后来，香囊之形作扁圆形，就专称为荷包。《茶余客话》云:“三代时以韦为袋，盛算子及小刀磨石等，魏易龟袋，唐四品官给随身鱼袋。今则以荷包为带饰，中亦不复盛物。”清代荷包与香袋、香囊的用途基本一致，但形状与大小稍有区别。此外还有专装槟榔或锞子等用槟榔袋，外观呈葫芦形。

褡裢也叫褡膊，是一种盛钱的细长口袋，中间开口，两边有袋，大小相当，系于腰带之上。清《都门竹枝词》:“口袋褡裢满满装，缩纱芦子杂槟榔。”扇套是公子哥儿身上的装饰品，一般都绣有精美的图案，有时还绣有一些风花雪月之类的诗句。

到清代晚期，各种新的事物出现，各种随身小件绣品花样更多，如名片袋、眼镜盒、钱袋、钥匙袋、怀表套、烟袋、火石袋等。在宫中常有活计一套九件为荷包、扇套、槟榔袋、鞋拔子、眼镜套、扳指套、怀表套、搭裢、名片盒，而在日常生活中，则出现了更多种类的绣品，不能胜数。

4、装裱用

用于立轴、手卷和册页装裱的绢、绫锦之类也是收藏的热门，不仅仅是因它们本身的研究价值和审美价值，也因为书画藏家仍喜使用旧物重装其藏品。另一原因是书画作伪者的需要。

四、欣赏品

用作艺术欣赏品的丝质产品以缂绣为主，毛质以挂毯为主，均有极强的艺术生命力。其特点是一般少有重复品，因此特别为收藏家所看重。

1、缂丝

缂丝原先也只是作为服饰用，但到宋代起，由于院体绘画的迅速发展，缂丝作品也经常采用绘画作品作母本，缂织出的作品也有大量的欣赏性艺术品，如朱克柔的花卉组缂册页、沈子蕃的几件花鸟作品，均是如此。明代后缂丝更为普及，出现大量巨幅缂丝作品，但到晚清后有缂画结合的作品。缂丝是织绣收藏中最珍贵的。

2、刺绣

作为欣赏性刺绣的代表是明末的顾绣。但同时或稍迟出现的有倪绣、发绣等，到民国时期，1928 年，刘海粟先生的表妹杨守玉教授根据西洋画中的色光原理首创乱针绣，它用似乎是紊乱的、毫无规则的针法，却绣出有着极強立体感的人物、风景、花卉和动物等形象，表现灵活精巧，宛如油画或艺术摄影。

3、像景织物

在清代已有把风景织上织物的情况，到民国时期，杭州都锦生首创风景织锦，把西湖风景织入织物，后来又把名人字画和人物像织入，后称像景织物。这类织物在三十年代有较大的生产量，近来在市面上露面。

4、唐卡

唐卡可以作为宗教题材的欣赏性作品中的代表。宗教作品往往是巨幅的悬挂式的作品。手法有织绣画等多种。近年西藏地区有大量此类艺术作品发现，值得引起注意。

5、经皮子

“经皮子”是指明代佛经封底装裱用的锦绫。其目的本是装帧，如今已经成为专供欣赏的藏品，可以专门装裱成册保存。明代自永乐至万历朝廷印行了大量佛经，装裱所用丝织物多出于宫中库房，有明代生产的，也有宋元旧物。它本来虽属于装裱用品，但因相当独立而具有较高的艺术水准和欣赏价值，也广为人所收藏。

第四章　技法与品种

人们在收藏织绣品时，首先遇到的问题就是如何区别什么是普通的织品，什么是缂丝，什么是绣，什么是印染品，这是织绣品中基本的几类，也是收藏织绣时必须弄清楚的几个基本问题。因此我们先将根据不同技法对所有的织绣品作一分类。

影响织物构成的因素很多，但主要是组织，所谓的组织就是织物经纬线在相互交织时的规律，用现在的织物组织学的观点来看，任何织物的基本组织叫原组织，一般我们把平纹、斜纹、缎纹称为三原组织，意思是任何组织都可由这三种组织变化衍生出来。但事实上，较为常用的不能由三原组织变化出来的基本组织还有绞纱组织和起绒组织。这五种组织可称为古代织物的五种基本组织。有了这五种组织，织工们就可将这些基本组织进行组合形成各种复杂组织。

一、织物

1、平纹类织物

平纹类织物是古代织物中最为常见的一类。平纹类的丝织品一般称为绢，未经精练的称为生绢，经过练熟的称为熟绢，或直接称为练。在古代，平纹丝织物还有很多名称，如特别致密的白色丝织物可以称为素，光泽特别好的丝织物可以称为纨，丝细而经纬密度小的织物称为纱，特别重的织物可称为绨。一纬粗、一纬细，织后形成畦纹效果的织物称为绝。

丝线是否加拈也是形成织物风格的重要途径，经纬丝线稀疏、丝线细而加拈，并未经精练的织物可以称为绡；绡经过精练脱胶，丝线就变行松散而绉缩，织物表面就呈现出起绉的效果，这就称为绉。古代时有个专门名词为縠。

当丝线采用绵线时，即丝线是用茧丝下脚料通过纺线而制成时，织物一般呈现一种较为粗犷的风格，此时织物称为绵绸。

平纹变化组织也可以列入平纹类织物，一般我们把经重平或纬重平织物称为缣，这类织物在中国古代常用作画绢，故也被称作双丝绢。

除丝织物外，棉、麻织物一般都用平纹作为基本组织的，棉布在古代称为白叠，麻布又根据麻的原料来区分，苎麻织物为纻，大麻织物为枲。

2、平纹地暗花织物

以平纹组织作地，采用斜纹组织、变化平纹、嵌合组织、纬浮或其它可以与之配合的组织进行显花，这类织物是我国出现最早的提花织物类型，早在商代的青铜器上就已能见到这类回文、雷纹的暗花织物，到汉代出现就更多了，从文献考证可知，当时称这类织物为绮。据国外一些学者的研究，这类暗花织物是由一种被称为并丝织法的方法织成的，这类织物是有规律可循的。

约从魏唐时期起，这类织物被称为绫，在新疆吐鲁番地区曾出土过一件联珠对龙纹平纹地四格斜纹暗花织物，织物的反面有墨书记载，表明这件是从四川双流县上供的细绫，另外在日本正仓院保存着一件反面题有墨书为小宝花绫的平纹地斜纹暗花织物，可作证明。到辽宋时期，平纹地暗花织物的组织类型越来越丰富，但这类织物的名称还是没变。从明清时期起，史料中较多地出现绸的名称，清代的春绸、汤绸等都是采用平纹作地、斜纹或纬浮显花的暗花织物。

3、斜纹地暗花织物

以斜纹为地的暗花织物约出现在唐代前后。最初出现的斜纹提花织物为四枚异向绫，即用三上一下和一上三下的异向斜纹互为花地，这类织物也显然被称为绫。略迟于此类织物的为异单位同向绫，即以三枚斜纹为地、六枚斜纹为花的暗花织物。这两类织物在辽宋时期一直占有极为重要的地位。但从元代以后，斜纹织物的名称似有改变，改称为绸，明代定陵出土的不少标明为绸的织物其基本组织为三枚斜纹作地。到清代，江宁织造的江绸或称宫绸也都是以二上一下斜纹为地、五下一上斜纹显花的。

4、缎纹地暗花织物

缎纹组织约出现在唐辽宋时期，但最初似乎出现在织锦上，后来逐渐简化为单层的暗花织物，这就是最初的正反五枚缎。正反五枚缎以经面五枚缎与纬面五枚缎互为花地，由于其花地的光泽反差较大，织物经密大，织得紧而牢度強，特别受人欢迎，因此缎类织物很快就成为提花织物中使用最为频繁的基本组织。缎类织物在早期被称为丝，后来较多地称缎名，但在缎纹组织的提花织物中也有被称为绫或绸的，如明清时期的绫，一般就是经纬线不加拈的正反五枚缎组织，在经纬密度上也显得比较稀疏，一般用于书画装裱。

5、纱罗类暗花织物

纱罗织物是指全部或部分地采用绞纱组织的织物。最早出现的绞纱织物一般都是一种编织的绞法，即两根相绞的纱线只朝着一个方向绞转，现存最早的河南荥阳青台村出土的罗织物据说就是用这种绞法编织而成的。后来流行的是一种被称之为四经绞罗的组织，这种组织非常复杂，用普通的织机都织不出来，但这种组织却在我国历史上流行了约三千年，从商代开始一直到明代还有，只是清代基本见不到了。从晚唐、五代开始逐渐兴起的是在学术界被称为是有固定绞组的纱罗组织。这类组织开始出现在西北地区的毛织物上，到宋代才被广泛用于丝织物上，并一直沿续到今天，如现在通称的纱，就是每梭绞转一次的绞纱组织；如全部是这样的组织织物就可称为方孔纱；如以此为地，另用平纹为花，则称亮地纱、漏地纱或直经纱；如以此为花而平纹为地，则称实地纱；如织入一纬绞纱与数纬平纹交替进行，则此织物可称罗；由于某织物表面有横向空路，又可称横罗；罗上如有提花，则为提花罗。

6、起绒类织物

在织物表面局部或全部地用绒圈或绒毛形成组织的织物为绒。我国起绒织物中最早的可能要数湖南长沙马王堆汉墓中出土的绒圈锦，它虽无专门的起绒组织，但却在普通的经二重组织之上用起绒杆织出的绒圈高度高于织物表面之上，形成了表面具有绒圈的绒织物，被人们称为绒圈锦。但实际上的起绒织物，最早出现在西北地区出土的毛织物上，其组织常用的为栽绒织物，采用打结后剪绒的方法起绒，另外还有拉绒织物。真正的起绒织物到明代才出现，那是有着绒圈固结组织的绒圈和绒毛织物。到清代，起绒织物渐渐普及，但最为著名的是漳绒和漳缎，漳绒是全部剪绒的素织物，先用起绒杆进行假织后全部剪绒而成，如只是按照图案要求进行剪绒的则称雕花绒，或天鹅绒。漳缎是一种提花的起绒织物，用缎纹地与绒圈互为花地。漳绒和漳缎据说是福建漳州的物产，但在清代却是在南京和苏州生产较多，也有人称为建绒或卫绒。

7、多彩织锦

在以上几类织物中，虽有提花，但大多为单层的暗花织物，如遇多彩织物，一般采用重组织，这类织物在早期常称为锦，当时的说法是：织彩为文曰锦。从组织结构的角度出发，就是一般的多重织彩织物都可称为锦。锦在我国出现的历史很早，西周时期的墓葬中已经发现了经二重的织物，这种组织一直沿续了几千年，直到唐代，传统的平纹经二重经锦组织才逐渐被斜纹经二重继而被斜纹纬二重纬锦所取代。明代时期，由于多彩色织物种类的增多，而锦之名反而变得少起来，但此时所谓的锦一般是指采用特结经的宋式锦，采用双层组织的两色锦。其色彩一般都较艳丽，图案典雅，但却不用挖梭工艺。

在织锦织物中的彩丝被大量的金线所替代，此时的织物就变成织金。我国的织金织物记载出现在三国，实物却出在唐代，陕西扶风法门寺地宫出土有织金锦，是我国最早发现的大面积用金线织造的实物。辽金元时期，由于北方民族对用金的特殊喜好，织金织物大量涌现，因此从外观效果来说，织金成为非常特别的一类。

8、**妆花织物**

妆花是采用局部挖花的技法对织物进行装饰的织物。妆花又可写成装花，此词似在宋代时已经出现，而通经断纬的方法较多地在织物上使用也是在唐到宋代。唐代缂线的出现和应用类似方法织成的七条织成袈裟的存在是妆花织物出现的前提，而辽代宋代的实物中已明确发现了妆花织物。明清两代则是妆花织物的鼎盛期，定陵出土织物中绝大部分是妆花，当它分别采用不同的地组织时，就变成了妆花纱、妆花罗、妆花缎、妆花绒、妆花绢、妆花绸等。可以说，妆花是明清时期最为大量的多彩织物。妆花的主要特点是换色自如，因此特别多用于龙袍等大型袍的织造上，现在能够看到的龙袍织成袍料大多是属于妆花织物的。

二、缂丝

缂丝自然是属于织物中的一类，但由于其多用来织一些艺术作品，所以在收藏家中往往对其另眼相待，将其当作一种特殊的类别。我们在此也将其归于另一类来进行专门的叙述。

缂丝的技术特点并不在于它的平纹组织，而是在于它的通经断纬织法。普通织品是以相互垂直的通经和通纬进行交织而形成的织物，而缂丝是由通经断纬的方法织成的织物，它们之间的区别在于缂丝的纬线是不通梭的，将它悬空起来看，可以看到织物上色彩的换区处，有着空路。这一点，在宋代庄绰的《鸡肋篇》中已经记载得非常清楚："定州织刻丝，不用大机，以熟色丝经于木棦之上，随所欲作花草禽兽状，以小梭织纬时，先留其处，方以杂色线缀于经纬之上，合以成文，若不相连。承空视之，如雕镂之象，故名刻丝。如妇人一衣，终岁可就，虽作百花，使不相类亦可，盖纬线非通梭所织也。"这里的刻丝就是缂丝，有时也可被写作克丝。

缂丝的织法相当简单，只需两根踏杆带动两片综的素机就可织制。织制时可以充分发挥织工的想象及其绘画水平任意地缂织，织出各种形状的图案。缂丝的基本技法有平缂和绕缂两种，平缂就是色纬基本水平地沿纬线方向来回织作，绕缂则是色线沿图案的轮廓外形进行织入，此时色线与纬向不平行。但无论哪种方法，更为重要的是缂丝时的晕色方法，即晕色过渡处理方法。

缂丝的晕法可以粗分为四种。一种是肌晕，即用绕缂法按照图案的肌理或轮廓走向进行缂织，一层层地晕色过渡。第二种是纬晕，即在纬向分段换色晕缂，这是目前最为常见的晕缂方法，其中又可参照刺绣的针法名称将其分为抢缂、套缂、搀缂等。抢缂是为界边整齐的晕缂法，又可分为搭抢和镂抢，镂抢犹如刺绣中的留水路，搭抢则是两个色区之间用搭缂法相连；套缂是为两种以上的色区相错晕缂，边界不齐；搀缂与套缂相似，但各区內的丝线长短不一，又可分为木梳搀和长短搀等缂法。第三种是经晕，即色区沿经向过晕，只需逐渐变换梭子颜色即可。最后一种是同时使用经向和纬向两个方向的晕缂法，称为圆缂。

三、 染缬

染缬是我国古代对织物印染加工的称呼，染色是通过染料和纤维发生物理的或化学的结合而使织物染上一定色彩。缬最初专指扎染印花，《一切经音义》说:“以丝缚缯染之，解丝成文曰缬。”后来就开始泛指所有的防染印花工艺，我们在此则也包括直接印花。染缬中最为重要的类别是绞缬、蜡缬、灰缬、夹缬和彩印。

1、**绞缬**

扎染古称绞缬，是把布料或服饰成品按照制作者的设计意图，在所需显示花纹的部位用线捆、缝或作一定的折叠，再用线绳捆扎牢固，然后染色。染后拆去捆扎线或缝线，由于被捆扎部位染液无法上染，就形成了一定的花纹图案。绞缬出现在十六国时期，到唐代则有了极大的发展，其名称有团宫缬、鱼子缬、醉眼缬、撮晕缬等。扎经染色也可以归入绞缬工艺的范畴，它是将整好经的丝线按图案要求先进行扎染，然后再织造，这样织出的花纹因不能完全对色而有一种朦胧的美感，很有特色。这种织物在我国唐代已有出现，并沿续至今，如新疆的爱德丽斯绸等。

2、**蜡缬**

蜡染古称蜡缬，它是用能在织物上自行固着的液态或半液态物质，如石蜡、蜂蜡、木蜡、白蜡、松香等作防染材料，用蜡刀在织物上需显示花纹的部位进行描绘，再进行染色。因涂绘有蜡的部位染液难以上染，而使织物显示出花纹图案。蜡染纹样具有自然形成的冰纹，这是由于在染色过程中涂有防染材料的花纹部位产生裂纹，使染液顺着裂纹渗入织物纤维内形成的，是蜡染所特有的肌理效果。我国境内发现的最早的蜡缬实物是新疆民丰出土的汉代蜡缬棉布。蜡缬在唐代也达到最盛，到宋代后则逐渐集中于我国西南少数民族地区，直到今天。

3、夹缬

夹染古称夹缬，是指由两块或两块以上的花版，将被染的织物对折后在其中夹紧，再进行染色。因被夹紧的部位染液不能上染，撤去花版后即显出花纹。这是一种利用花版防染显花的传统工艺，其中花版的制作是关键。据说这是由唐玄宗时柳婕妤之妹发明的，开始只局限于宫中，后来才传遍天下。但因其工艺相对较复杂，多彩夹缬越来越少用，单色夹缬在浙南民间还能看到，但它毕竟不如扎染、蜡染那样普遍。

4、灰缬

灰缬是使用灰浆等作防染剂进行防染得到的产物。最早出现在唐代的丝织品上，被称为灰缬，但由于丝织品的丝胶丝素易被碱性物质破坏，后来一般不再用于丝织品上，而多用于棉布上，此时一般染作蓝色，被称为蓝白印花布。宋明以来的蓝白印花布印花方法是将镂版压于织物上，刷上豆粉加石灰调配的浆料，待干后投入蓝色的染液染色，染后洗去浆粉，即显出色地白花的花纹，这种印花方法在现在民间还有大量遗存，是唐代灰缬的沿续。

5、直接彩印

利用镂空版或是凸纹版都可以进行直接的彩印。最早的直接彩是用印章般的青铜印花板蘸上颜料印于织物之上，这在广州西汉时期的南越王墓中有印花板与印花实物的同时出土可以证明。这类方法后来发展成唐宋时期的泥金银，在南宋时期出土的服饰花边上常见使用。凸纹板印花的另一方法如同拓片，即将织物压在凸纹版上，再用彩色刷于织物之上，清代上海地区称其为刷印花。如用镂空板印花，其方法是用镂刻成花纹的镂空花版（一般为纸型版）放在织物上，然后用刷子刷上调配好的颜料或染料即可，亦可用喷墨或喷彩的方法进行，史料上称为弹墨。这几种方法在民间都很盛行，一般用于印刷包裹布、桌围椅垫等日用品。

四、 刺绣

刺绣，俗称“绣花”，是在已经加工好的织物上，以针引线，按照设计要求进行穿刺，通过运针将绣线组织成各种图案和色彩的一种技艺。刺绣是最早用于服装的装饰方法之一，源远流长而又无所不在，世界各地皆然。我国刺绣自商周时期出现以来，生发出各种各样的针法，有着各种各样的绣品，特别是到清代形成的四大名绣，代表了我国刺绣的最高水平。刺绣的技术可根据针法、绣法和绣品分成三个层次，针法是运针的基本方法，绣法是有选择地组合运用各种针法形成的刺绣方法，绣品是结合了绣法、色彩、图案等各种因素在内之后形成的一种风格的刺绣种类。我们在此主要介绍以绣法为主将我国古代的刺绣技法作如下分类。

1、锁绣

锁绣是我国古代最早出现的一种绣法，其特点是运用圈针使绣线形成一串串的圆圈，如同链条，故称锁绣，又像辫子，故亦称辫子股绣。将这些辫子股盘在织物表面形成色区，便是锁绣。此法自商代出现后，一直到唐代中期都在我国绣坛上占有绝对的主导地位，到唐后期开始被其它绣法取代，但其法却一直存在并沿续至今。

2、钉线绣

钉线绣是把各种纤维、丝线或是其它质料的线状物按一定图案钉绣在织物上的一种刺绣方法，又可按质料的不同分钉彩绣和钉金绣等。常用的钉线方法有明钉和暗钉两种，前者针迹暴露在线梗上，后者则隐藏于线梗中。钉线绣绣法简单，历史悠久，我国传统的钉金绣出现在唐代晚期，陕西扶风法门寺地宫有大量出土，从史料记载来看，当又称其为盘金绣或蹙金绣。此外，流行于北方的拉锁绣或称拉梭子也应划入钉线绣一类，其针法是将盘绕的丝线或金线钉绣于织物上形成花纹。

3、平绣

平绣是以平针为基础针法的绣法，我国古代大量的绣法都属于平绣技法之类，具有绣面平服、针法丰富、线迹精细、色彩鲜明的特点。在我国古代，平绣出现并不很晚，在长沙马王堆汉墓中出土的铺绒绣也可属于平绣之列，但其兴盛却是在唐中期之后。

平绣的范围较广，如我国的四大名绣，其运针设色虽各有特点，但其中大部分针法均属平针，故四大名绣基本上都是平绣。如苏绣针法，据整理归纳共有 9 类 40 余种，其中的齐针、搀针、抢针、套针、施针、擞和针、接针、旋针等都属于平绣的范围，所用针法极其丰富。平绣的色彩变化也十分丰富，它以线代笔，通过多种彩色绣线的重叠、并置、交错产生华而不俗的色彩效果。尤其以套针针法来表现图案色彩的细微变化最有特色，色彩深浅融汇，具有国画的渲染效果。

4、戳纱绣

戳纱绣又称纳绣或纳锦，是我国传统的一种刺绣形式，它是在方格纱的底料上严格按格数眼进行刺绣的，针法使用平针，但丝线平行于经线或纬线，线迹一般较短，有串二或串三等称呼，故而经常会有人将其与织锦相混，纳锦一名也正源于此。戳纱绣不仅图案美丽，而且色块明显，花纹间的空眼必须对齐。可用作日常用品和欣赏品，富有装饰情趣。

5、十字绣

与戳纱绣风格相似的是十字绣，也称十字挑花。这是一种在民间广泛流传的传统刺绣方法，它也是严格按照织物的经纬交织点来定位，其针法十分简单，即将同等大小的斜十字形线迹排列后形成设计要求的图案。由于其针法特点，十字绣的纹样一般都是造型简练，结构严谨，图案味极浓，少有写实风格的纹样。十字绣具有浓郁的民间装饰风格，绣品朴实大方，美观耐用。

6、打籽绣

打籽绣是将运行过程中的丝线行打籽后绣在织物表面，以点来形成色区，然后形成图案，打籽一般多用于花卉果实的作品，绣出的果实十分逼眞。打籽有满地打籽和露地打籽之分，又因绣线粗细不一，有粗打籽、细打籽之分，粗打籽的粒子形如小珠，突出于绣面，细打籽则有绒圈感。一般有一定量的打籽针参与的绣法均可称为打籽绣。

7、编绣

编绣也是刺绣中的一个重要门类，其特点主要是用各种特殊方向的丝线按直线、斜线、平行线相互交叉拉出各种有编织效果的网格图形，如龟背、方格、三角，此时也可称为网绣，大多用于绣品中间的局部装饰。有时可绣出鱼鳞状，此时则称刻鳞针。在十三四世纪时，西藏一批刺绣品上流行一种称为环针绣的绣法，以绕针为基本针法，近来开始引起国内外的重视。

8、剪贴绣

剪贴绣也称补花绣，具体地还有贴绣、堆绫绣等名称，是一种将其它布料剪贴、绣缝在服饰上的刺绣形式。苏绣中的贴绫绣也属这一类。其绣法是将贴花布按图案要求剪好，贴在绣面上，也可在贴花布与绣面之间衬垫棉花等物，使图案隆起而有立体感。贴好后，再用各种针法锁边绣制。贴布绣绣法简单，图案以块面为主，风格别致大方，在西藏的唐卡中发现有很多这类绣品，这是因为大量的唐卡人物中均有服饰等用剪贴之法更为方便，此外，大面积的人像如能塡以棉絮使其隆起也会改善观赏效果。

9、**串珠绣**

串珠绣也称辑珠绣或珠绣，它是以珍珠、红珊瑚、宝石或其它极富装饰效果并极显珍贵的物品等为材料，用丝线缀服装上，使服装产生珠光宝气、耀眼夺目的效果，一般是皇亲国戚和达官显贵们所服用的礼服上的装饰方法。內蒙古巴林右旗出土的清荣宪公主龙袍全衣均用珍珠遍绣，十分珍贵。

10、**发绣**

又称墨绣。以发（髮）代线，属书画绣。风格类白描。尤以宗教题材如古佛、观音、佛经等为多。

刺绣的形式及其应用的针法有很多，有些绣种如乱针绣、仿眞绣等一般年代较晚，并以刺绣欣赏品为主，这里就不作介绍了。

五、织缂染绣的区别

区分织缂染绣一点也不难，其中只有缂丝与普通织品、纳绣与织锦之间的区别稍稍难一点。普通织物是以相互垂直的通经和通纬进行交织而形成的织物，而缂丝是由通经断纬的方法织成的织物，它们之间的区别在于缂丝的纬线是不通梭的，将它悬空起来看，可以看到织物上色彩的换区处，有着空路，而普通织物的纬线一般都是通梭的，即使是装花织物，也是有一部分地纬是通梭的，而另一部分花纬即是断纬，也是在不同的区域內进行挖织，最后看不到空路的效果。

绣和染比较好区别，绣是在织物地上加上其它的彩色丝线以绣出花样，绣线的运行方向一般与织物经纬线的方向有别，但它有时候也会发生困难，那是在绣线沿着织物纱孔进行的时候，如戳纱绣，它有时也被称为纳锦，也是因为此绣与织物相近的缘故。印染作品较为明显的特点是织物表面只是色彩的改变而无新丝线的出现，稍加仔细观察就能发现这一点。

第五章　纹样与图案

织绣品的常用图案与其它工艺品有很多的共性，但又有其特点，这主要体现在织绣品的工艺特点上。织物纹样的特点是除一些特别的织成袍料等大型图案外，一般的织物图案都有极强的循环性，无论如何，你总能找到其循环规律，找到其循环的连接方法，找到其有限的纹样所组成的图案寓意，因此你较易判断图案的设计用意和风格。对于刺绣和缂丝纹样，虽然其自由度远远大于织物纹样，但它也总逃不出时代的限制，逃不出织绣一体化的风格限制，做着适合纹样的文章。

一、几何纹样

几何纹样是一类在我国历史上出现最早的图案。早在商代已经在织物上出现了，以后各代均有所发展，如战国时期的大型几何纹，在几何纹的骨架里塡满了无数个小而细的几何纹样，形成极为复杂的大型几何纹；至秦汉时期是遍地的打散了几何纹，构思奇异；到宋代则开始形成一整套的琐纹，如锁子纹、龟甲纹、簟纹、金铤纹、银铤纹、球路纹、套环纹、曲文纹等，这些纹样，对我国明清时期的几何纹的影响最大。到明清时期，织绣纹样中的几何纹主要有二类，一是遍地由连续不断的几何纹构成的小几何纹；二是由几何纹为主要骨架，其间填以各种小几何纹或是小花卉纹，我们称其为大几何纹。

最典型的小几何纹是曲水纹样。所谓的曲水纹样其实是由两组相互平行或是垂直的直线构成的直线正交几何纹样，这在宋代的《营造法式》中就有极为明确的图示，书中例举了王字、工字、卐字等曲水纹样，到明清时期，曲水纹样的种类也十分丰富，出现最多的是卐字不断头，用四组方向有左右上下不同的卐字组成一个连绵不断的卐字不断头图案，寓意连绵不绝。这类曲水纹样，也可以作其它花卉纹样的底纹，这在明清织绣纹样中也是十分常见。

大几何纹中最为典型的是八达晕。八达晕又称八搭晕、天华锦，它源自建筑中的藻井图案，是斗八藻井的直接继承者。八达晕用米字作为基本骨架，将空间分成八部分，再在各部分中填以各种小几何纹或是小折枝花。另一种以簇六球路为基本骨架的大几何纹则是在簇六球路的空隙中填以小几何纹或是小折枝花。最为称奇的是清代的一些龟背锦，它们都用六个小的龟背形联成一个较大的龟背骨架单位，龟背之中皆填以瑞花宝物，这种图案，似乎还受到了伊斯兰艺术风格的影响。较有代表性的作品有瑞花龟背锦、宝物龟背锦和团寿龟背锦等。

二、花卉植物

花卉植物是我国织绣纹样中的主要部分，约占古代总量的百分之九十以上。但花卉植物纹样的出现时间却不很早，约在唐代起开始较多地见于记载和实物，当时的宝花图案就是明显的一种。自宋代开始，花卉纹样极其迅速地流行，各种植物花卉都被搬上了织绣品，如牡丹、梅花、桃花与桃、荷花、菊花、山茶、芙蓉、玉兰、海棠、黄葵、萱草、牵牛、绣球、水仙、兰花、灵芝、葡萄、艾草、蔓草、佛手、石榴、荔枝、林檎、樱桃、栀子、松、竹、瓜、葫芦等等，还有一些在清代后期出现的不知名目的，却知来自西洋的花卉被称为大洋花。它们各有各的意义，各有各的造型，从构图出发，可以有散点和连续之分，从造型出发，则有写生和变体之分。但从总的风格来看，一般可分为团花、折枝、缠枝和独枝等类。

1、团花与朵花

团花是出现较早的一种花卉纹样，唐代的宝花图案即属此类。这类纹样带有较強的装饰味，花瓣有所变形，通常左右对称，宋以后团花逐渐向较为写实的朵花型发展。但明清时这类团花或朵花纹样已不多见，只是在如明定陵出土的松竹梅卐字吉祥纹缎中的朵梅纹样或是落花流水图案中能见到。至于清代的团花补子图案实乃一种以团窠为外形的适合纹样，而其內容却无所限制。另一种皮球花图案也是如此。

2、折枝与墩花

折枝花始与唐代，唐诗中多有“联雁斜衔小折枝”、“禁苑风前梅折枝”之句描写当时的织绣图案。至宋代时，折枝纹样已在丝织物上流行，大多作写生花卉状，甚至能够看到明显的枝条折断处。采用的题材多为牡丹等大花朵，同时配以梅花等小花及叶、蕾等。有时，折枝花卉纹样的叶子中还常常填入各种小花卉，形成叶中有花、花中有叶的效果，较为罕见。

折枝花卉纹样的排列一般有两花独枝和独花两枝两种类型。所谓两花独枝是指一个循环中为一个上有两朵大花的折枝，而独花两枝是指一个循环中有两个折枝，但每个折枝上却只有一朵大花。这两种类型是宋代折枝花卉中的主要类型。到明清时期，折枝花还是非常常见，虽然花叶还是俯仰，枝条还是宛转，但已比宋代的更加简洁了。

3、缠枝与串枝

缠枝或串枝花卉与折枝花卉的不同之处在于它在整幅图案中用一根枝藤将所有的花卉串在一起，故称串枝花。而串枝花与缠枝花的不同之处其实只是串枝花稍为写实一些而已，缠枝花不但在一根枝藤上串上一串花朵，而且其花朵四周还有枝藤在盘绕，花朵的造型也更为变形一点。

缠枝花源于唐代的卷草纹样，到宋代则发展成为卷叶花卉。《营造法式》一书将写生花和卷叶花两种区分得非常明显。明代是缠枝花卉发展的重要时期，许多妆花织物上的缠枝牡丹或是缠枝莲纹样已显得十分富丽堂皇。

4、独枝花

折枝花发展的极端就是独枝花。独枝花在元明时期称为墩花，所谓的墩花就是连根带的整枝花为一墩，这在当时的瓷器上也能看到同类图案。但当时的墩花规模并不很大，常常与其它题材结合在一起，一墩花卉还有用丝带系缚的情况。到清代，墩花发展成为独花，其造型非常写实，如同一幅工笔花鸟，但其尺寸却是极大，往往大到整件衣服都是一幅独花。此类例子不少，有印、有绣、有织、也有缂而成之的，如绀青漳绒整枝兰花女夹袄，用割绒的方法刻出写意的整枝兰花，其兰叶一直长到袖子。另一个件宝蓝地金银线绣整枝荷花大镶边女氅衣，俨然就是一幅工笔荷花图，极为漂亮。

三、 动物

按照汉代人的解释，双足而羽为禽，四足而毛为兽。因此，动物纹样中一般可分为飞禽走兽。兽类纹样在早期比较常见，例如汉锦中的龙、虎、熊、羊等瑞兽、魏唐时期来自异域的狮、马、猪、骆驼等，但到明清时期，走兽们已经逐渐地退出了历史舞台，除了一些有着特定意义的场合之外，一般较多地使用鸟类纹样。

1、龙与凤

龙和凤都是中国古老的题材，它们曾经作过神仙的御具、方位的标志、吉祥的祝福，但在明清时候，龙和凤主要是用于帝王的象征和喜庆场合，用于朝服则为龙袍，用于婚礼则为凤尾裙。

明清龙袍上龙的变化相当复杂，有盘龙、坐龙、行龙、升龙、降龙、过肩龙、界龙等不同造型。盘龙是盘作一团的龙；坐龙又称正面龙，是龙首作正视状，龙身弯曲，犹如一条正面坐着的龙，一般用于帝王服饰的正面；行龙，又称走龙，表现龙的行走之状，呈横条状；升降龙是直条状的龙纹，上为升龙，下为降龙；过肩龙是指肩上之龙，一半在前，一半在后；界龙，普通作分界用。这些龙，大多离不开火珠与云纹。

与龙相似的有蟒、飞鱼和斗牛。蟒与龙的造型基本一致，但龙为五爪，蟒为四爪；飞鱼是龙身而鱼尾，斗牛为牛首而龙身。饰有蟒的蟒袍是为重臣们的袍服，而飞鱼斗牛服则是稍次于蟒袍的赐服式样。

凤是历代帝后的象征，一些达官显贵的妇人也常以凤凰来装饰，称为凤冠霞帔，人生重大的喜庆日子中也可以用龙凤图案。但在清宫中，凤的纹样往往用团花补子的形式出现，此时，凤只是处于团窠之中的一个适合纹样。

2、补子上的鸟兽

除了龙凤之外，真正占有主导地位的动物纹样只是出现在官补中。补子出现在元代，到明清时已经定型，是一种反映官员的品级高低的徽识，饰于官服的胸前背后，文官以鸟，武官以兽。明代文官一般用双鸟，清代用单鸟，但武官所用的兽补却都是单独的。

官品级	明杂官	明文官	明武官	清文官	清武官
公侯驸马伯	麒麟白泽				
一品		仙鹤	狮	仙鹤	麒麟
二品		锦鸡	狮	孔雀	狮
三品		孔雀	虎	孔雀	豹
四品		云雁	豹	雁	虎
五品		白鹇	熊罴	白鹇	熊
六品		鹭鸶	彪	鹭鸶	彪
七品		鸂鶒	彪	鸂鶒	犀牛
八品		黄鹂	犀牛	鹌鹑	犀牛
九品		鹌鹑	海马	练雀	海马
杂职	练鹊				
风宪官	獬豸				

明《大学衍义补》记载了当时定制文官用鸟、武官用兽的原因:“文官用飞鸟，象其文采，武官用走兽，象其猛鸷也。”但它同时也指出:“百年以来，文武率循旧制，非特赐不敢僭差。惟武臣多有不遵旧制，往往专服公侯伯及一品之服，自熊罴下至海马者，非独服者鲜，而造者几于绝焉。”这就是兽补较鸟补更难见的原因。

3、**花中飞舞**

一般的鸟类常常与花卉或其它纹样在一起出现，我们总是可以看到它们或在花丛中飞舞，或在枝头栖息，或在水中畅游，除了凤凰、喜鹊、鸳鸯等鸟类之外还有蝴蝶、蜜蜂和蝙蝠等会飞的动物，此时，鸟类在图案中并不占主导地位，只是和一些特定的花卉配合出现，如凤凰和牡丹，表示荣华富贵；仙鹤和云彩，表示吉祥长寿；喜鹊总和梅花在一起，鸳鸯总是和荷花在一起。

值得一提的是蝴蝶纹样。蝴蝶是一种昆虫，在织绣品上出现可上溯到唐代，唐人王建《织锦曲》写道:“红缕葳蕤紫茸软，蝶飞参差花宛转。”辽代的丝织图案中蝴蝶纹样更是多见，但蝴蝶纹样的盛行却是在清代，清代不但有花蝶一起出现的图案，如在大量小件绣品中，而且还出现了许多遍体由蝴蝶纹样进行装饰的服饰，慈禧时期就有不少百蝶衣传世。究其原委，可能是因为蝶与七八十岁曰耋的同音。

四、人物

织绣品上的人物纹除一些特殊用途如唐卡多用菩萨像外，一般只有仕女和婴童形象，其中重要的又数婴童。婴童纹样在辽代就已出现在丝织物上，到宋代则可在织物、印花、缂丝和刺绣等各种织绣品上看到，内容多为童子戏花。

童子戏花的纹样在明清时期仍见应用，如在明定陵出土的黄缎方领女夹衣上所用的童子戏花纹样，就是在缠枝牡丹和莲花中，有俩童子在攀藤游戏。定陵所出另一件童子擎花两色缎的纹样则是织出四童子各擎牡丹、莲花、菊花、茶花四季花卉的热闹场面，另一件绣童子擎花暗花罗方领女夹衣所用也是同类纹样。这类纹样还在清代继续沿用，现在藏西藏拉萨布达拉宫的乾隆年间的童子戏莲妆花缎的纹样与此十分接近。

明清时期的婴戏纹样的另一特点是婴戏的场面越来越大，人物越来越多，而场面最大的就要数百子图了。百子图的格式在明代已经成型。最为著名的是定陵出土孝靖皇后的刺绣百子女衣，遍身绣有 100 个童子，现残存 91 人，分成 39 个画面。有博戏、睡觉、争夺鸟笼、玩捻陀、鞭陀螺、猜拳、戴面具、观鱼、玩鸟、憩息、观摔跤、斗蟋、讲故事、放风筝、捉蝈蝈、沐浴、翻鞋游戏、吹喇叭、摸是、蹴鞠、踢毽、带子游戏、分食、打花棍、跳绳杂戏、摘桃、捉迷藏、舞蹈、打猫、提偶、捉鸟、送子归家、放爆竹、考试、弄伞、放空钟、玩鸟等。百子图到清代仍是沿用不衰，往往又在大婚时用作装饰品。如据说是光绪帝大婚时用过的大型刺绣百子图窗帘和百子图门帘，全图共描绘了100名孩童的活动场画，他们成群结伙，形态各异，在20多个场面中，进行着放风筝、点爆竹、闹元宵、猜灯谜、赶牛车、抬花轿、敲锣打鼓、扛旗打伞、捧桃持莲，还有挑货担、耍杂技、钓鱼、吹笛等，场面热闹非凡，百子欢喜，其乐融融。把多子多孙、富贵满堂、吉祥如意等思想传统揉于作品之中，表达了当时人们对幸福生活的憧憬。

婴戏纹样中的另一类是太子绵羊。明代传世品中有两种太子绵羊两色缎，其中心题材均是一服饰华贵的童子骑羊漫游，手持肩扛一折枝梅花，梅枝上还挂有一鸟笼。这是一种寓意图案，绵羊寓意阳气，春天到来，阴消阳长。而童子扛梅寓意报春，笼中小鸟应为喜鹊，也是春天的象征。所以此图其实是与三羊开泰相似的。

五、器物、文字及其它

1、杂宝

杂宝纹样自宋代开始出现。所谓杂宝，是指各种带有一定含义的宝物，这种含义来源于民间传说和宗教习惯。如唐代七宝之称，是为金、银、珠、琉璃、玛瑙、珊瑚、砗磲七种，后来就将珠、玛瑙、珊瑚等外形上能够区分的宝物用于织绣图案，而金、银等则用其俗形金锭和银锭。宋代的杂宝纹样就是来自这七宝，但又加上了另外一些东西，如法轮、方胜、万字、犀角、画卷、蕉叶等。到明代，杂宝纹样的组合比较定型，有七珍八宝之称，为金锭、银锭、宝珠、珊瑚、金钱、方胜、双角、象牙等组成，但实际上还是杂宝。

2、八吉祥与暗八仙

真正所谓的八宝是指佛教上的八宝，又称八吉祥，它们是法螺、法轮、宝伞、白盖、莲花、宝瓶、金鱼、盘长八种。据《北京雍和宫法物说明册》载：法螺，佛说具，菩萨果妙音吉祥之物；法轮，佛说大法圆转万劫不息之物；宝伞，佛说张弛自如曲复众生之物；白盖，佛说遍复三千净一切药之物；莲花，佛说出五浊世无所染着之物；宝瓶，佛说福智圆满具完无漏之物；金鱼，佛说坚固活泼解脱壤劫之物；盘长，佛说回环贯彻一切通明之物。佛教八宝在织绣品上的出现是在元末明初，苏州张士诚母亲墓出土有一条缎裙上就有八宝中的四种纹样，盘长、宝伞、双鱼、华盖与云龙纹样在一起，而在明清时期，八宝纹更为流行，经常可见。

八仙乃古代神话中的八位神仙，为民间所喜闻乐见。暗八仙图案就是将这八位神仙常用的八种器具作为纹样用于织绣品上。即汉钟离的扇子、吕洞宾的宝剑、张果老的渔鼓、铁拐李的葫芦、曹国舅的玉扳、韩湘子的洞箫、蓝采和的花篮和何仙姑的荷花。这类暗八仙纹样出现在清代。

3、其它器物

博古是文人雅士们的兴趣，常用于缂丝作品，挂于书斋墙上，或绣于扇套荷包，佩于腰间袖中。因此，博古纹样常包括一些古董、花瓶、文房四宝以及天文仪器之类的器物。博古纹在明末清初应用较多。

灯笼也是一种器物，而灯笼作为博古纹样据说是始于宋代文彦博在成都为献媚仁宗张贵妃而创制的，又名天下乐。主要纹样是造型华丽的灯笼，四周绕以蜜蜂和谷穗，寓意五谷丰登。到明清时，灯笼锦纹样还是盛行不衰，曾是宫廷元宵节的应景服饰纹样。

另一种非常常见的器物纹样是如意。如意最初是一种用于抓痒的工具，后来只取其云头发展出如意灵芝、如意云等形象的纹样，在织绣中十分常见。

4、**文字**

文字出现在织绣中源头甚早，但与早期汉锦中的铭文不同的是，明清织绣中所用文字可分两类。一是带有极強的图案味的单个吉庆文字，如喜、寿、福、万等，其中以寿字的变化最为丰富，有长寿、圆寿等，常与其它纹样结合在一起出现。另一种是以大篇的诗文出现，主要是绣于文人墨客身边所带的扇套、荷包上，散发出浓郁的文化气息，如“竹不如花清且雅，兰虽似草秀而香”、“状元归去马如飞”等。

六、纹样的主题

所有纹样的出现都为着其主题服务，中国传统思想决定了所有这些图案的主题是吉祥如意。所以，各种纹样，无论是动物还是植物，无论是几何纹还是器物纹，都通过其深刻的寓意来表达吉祥如意的主题。

寓意，即是借一个或一组可以假托、转喻、谐音的形象来传情达意。这种方法在我国织绣艺术中应用极早。先秦的贝锦用形象表达了对富贵的向往，汉锦中的铭文直率地诉说了人们对得道成仙的追求。而到宋代后，我国的吉祥图案逐渐成型，一般用三种方法来构成。一是以纹样形象来表示，如龙凤等是权力的象征，牡丹是富贵的标志，金锭银锭代表财富，松鹤桃子代表长寿，鸳鸯表示爱情，萱草表示生男；二以名称谐音来表示，如用蝙蝠或佛手谐音福，喜鹊来表示喜，荷花谐音和，花瓶谐音平安的平，蜜蜂谐音丰收的丰；三是用直观的文字来表达，包括篆字一类的符号。在具体的纹样设计中，三种手法可相互配合使用，当时十分常见的有：

福寿三多：多福用佛手（音）、多寿用桃、多子用石榴或葫

芦、葡萄（形）;

万寿长春：卍字地纹（字）、寿字（字）、月季花（形）;

万年吉庆：卍字（字）、鲶鱼、戟、磬（音）;

五福捧寿：蝙蝠（音）、寿字（字）;

祝报平安：竹（音）、太平花（形）或瓶（音）;

吉庆有余：磬、鱼（音）;

连生贵子：莲、花生（音）、男孩（形）;

玉堂富贵：玉兰、海棠（音）、牡丹（形）;

喜上眉梢：喜鹊登上梅花枝头（音）;

五谷丰登：穗（形）、蜜蜂、灯笼（音）;

事事如意：两个柿子（音）、如意头（形）;

三阳开泰：三只羊（音）和太阳（形），等等。

第六章　织绣的鉴定

所有鉴赏的基本条件是正确的鉴定。通常人们以为，鉴定主要是指鉴定某件古董的真伪，而鉴定真伪的首要点就是鉴别质料，就像玉器或是宝石，此种鉴别除了依靠人的判断力外，还可以借助于仪器、借助于现代先进的科学分析方法来确定。其次就是作者的真伪，到底是今人的作伪还是古代的真迹。但对于织绣品在一般情况下来说，鉴定倒不需要考虑质料的真假，也基本不用考虑今人的作伪问题，因为在当今社会中，人们还不至于拿人造丝来冒充真丝，织物作伪也是一项顶尖的科学研究，其难度之高，决非常人可进行，其成本也会高得令人咋舌。因此，质地的真伪和是否今人作伪并不是织绣品鉴定中的要点。鉴定的主要问题是在于以下三个方面：时代、产地和作者，即这种织绣品是在什么时候做的？哪里做的？谁做的？

要解决这三个问题，需要从多方面来进行分析判断，前面几章所叙述的如织绣品的款式、品种、图案等都是鉴定时的重要方面，我们必须对诸如此类的问题进行仔细的分析和研究，然后再利用这些因素来判断以上的三个问题。

一、年代

年代是鉴定的首要问题。

解决年代问题最简单的方法是进行碳-14的测定。用碳-14来测定有机物年代是目前国际上最为常用的方法。其原理是：宇宙射线同地球大气发生作用产生中子，中子同大气氮-14发生核反应，产生放射性同位素碳-14。碳-14与氧结合后被动植物所吸收，动植物体内所含的碳-14又不断地衰变为非放射性的氮-14，其半衰期为5730± 40年，生物在死亡前体中碳-14的浓度与空气中的碳-14保持一致，但当死亡后，碳-14只能按规律减少，因此，只要测出其减少的程度，就可以推算它死亡的年代，一切死亡的生物体中的有机物都可用来测定年代。我国从1965年开始用这一方法进行考古年代的测定，但目前国际上所用的方法已可以达到在基本无损伤的情况下测定各个时期的物品。不过，掌握这一方法的国家为数并不多，测试的费用也相当昂贵，作为一般的收藏者，不大有可能去英国伦敦大学做这一测试，我们只能凭手感目测，凭我们积累起来的经验来判断一件物品的年代。

年代鉴定的要素有如下几点：质地、纹样、色彩、款式、做工等，其实，这就是从作品的技术和艺术两个角度来对其进行考察。

质地即织绣品的底料，它采用的结构很多都具有断代性。例如缎，同样是缎，五枚缎的出现目前所知最早是在元代，如果你所看到的织物是一件五枚缎，那它一般不会早于元代，如果这又是一件八枚缎，则它一般不会早于清代，总是在清代，而且是中晚清的可能性更大。再如罗织物，中国古代早期的罗都是一种称为四经绞的罗，这种罗织物一直流行到明代，但入清之后就基本绝迹了，因此，如果你发现了一件四经绞的罗，一般就可以断定它是明代或者更早，而如果你找到了一件有着提花的横罗，那它一般不会早于明代，而最大的可能性是在清代。除了织造的质地以外，绣染技法也是非常重要的因素。

纹样也许是鉴定年代中最为重要的一个因素。人们在初看一件织绣品时，有时一下进入不了技术的深度，一般是对作品的纹样、色彩有个大概的了解，或是说，作品的色彩与纹样总是先声夺人，而且它的随着时代的变化也最为明显，它最能反映这种变化的过程、变化的细节。因此，考察艺术风格或图案会对鉴定起着至关重要的作用。我们不仿来看一下织绣品上龙的变化，这一点也许是各种手工艺品上一致的。明代以前的龙，身体细长，造型多变，甚至连龙爪的数量也是不确定的。但到明代，龙的造型逐渐定型，龙头扁状，侧面，猪嘴，尖齿，嘴巴上唇明显拉长，并向上翻翘，头上毛发合拢后向上，花肚皮，轮形五爪。到明代中期，龙嘴闭合，上下长短基本相当。到明晚期，龙头加大，双眼突起，嘴开启，常作戏珠状。入清之后，龙身逐渐变粗，龙头如猪头，眼神无力，龙发披散。清晚期，龙的造型更加无力。

明代的用色总体上是装饰性強，庄重，万历时期流行著名的万历五色。清前期颜色深、暗、沉重，雍正接近明，开始有些变化，晕色层次多。光绪时特别多用紫色，称为洋莲紫，来自海外，多施于广绣，京苏刺绣也见使用，多在慈禧、光绪时期。粉绿、湖蓝开始用，系化学染料。我们也可以把清代马褂上图案和色彩的变化作为实例。如对襟马褂，初尚天青色，至乾隆中期尚玫瑰紫，乾隆晚期流行绛色。《扬州画舫录》亦载："扬郡著衣尚为新样，十数年前（乾隆初）缎用八团，后变为大洋莲，拱璧蓝，颜色在前尚三蓝、朱墨、库灰、泥金黄，近尚高粱红、樱桃红，谓之福色。"嘉庆时，流行香色、浅灰色和棕色，咸丰、同治间，流行蓝、驼、酱、油绿和米色等。至清末光绪宣统时，则用宝蓝、天青、库灰色。

款式也是年代鉴定的重要因素。例如袍衫的款式演变，清初尚长，顺治末减短至膝，不久又加长至脚踝。袍衫在清中后期流行宽松式，有袖大尺余的。甲午战争以后，受西方文化的影响，中式袍衫的款式也变得紧身起来。

事实上，鉴定织物的年代问题，往往总是综合考察其技术、艺术等诸方面。如沈从文先生在比较明清花锦时就是一个极好的例子：“如把明清两代锦缎作个比较，组织图案和配色艺术区别处，似乎可以这么概括说：明代较沉重，调子常带有男性的壮丽，清图案特别华美而秀丽，配色则常常充满一种女性的柔和。两者区别可一望而知。从使用材料说，明清两代也少相同处。清代彩锦用色较多，如粉紫、桃红、檀褐，多配于彩色中，明锦实少见。用金不论片金或捻金多较细，特别是康熙一代，片金也有切缕细如丝发的。特种锦类且擅长用两色金，或四色金，综合交织于一片彩锦中，明代极少见。又由于捻金银线技术提高，因之产生许多种大小中串枝捻金银缎，花枝特别活泼秀美。明代盛行洒线衲绣，是用双股衣线在纱地上作铺地锦，上加绒线或平金，用色沉重，宜于官服使用。清衲线绣则一律用绒线，本色特别柔和，充满一种青春气息。”沈从文从技术如金线、图案和配色上对明清织锦进行了全面的比较，这样比较的结果，才有利于断代的确定。

二、 产地鉴定

织绣品的产地鉴定远较年代鉴定为难。它不像瓷器，窑口的不同、水土的差别会极大地影响瓷器的风格与质量，因此我们可以根据瓷器的风格来鉴定其产地，而丝线的产地要通过现代方法如微量元素来测出简直是不可能的。即使是织绣，由于此类技术基本不受到水土的影响，而且到明清时期，织绣的生产地相距也比较近，织绣生产的产地同样也很难确定。因此，我们最多只能根据织绣风格来判断某一类织绣产品主要的生产产地，这也就是此件产品较大可能的产地。在这一问题中，我们至多只能判断出四大名绣或是三大名锦之类就已算不错了。

刺绣的情况似乎比织物略好一点。由于绣的地域性较大，故在清代已形成了各地的名绣，如苏绣、广绣、京绣、蜀绣、湘绣等。

广绣又称粤绣，是以广州一带地区为中心产地的产品，以布局满、图案繁茂、场面热烈、用色富丽而著称。所用题材一般较为定型，为杂花百鸟，具体地有百鸟朝凤、孔雀开屏、三羊开泰、杏林春燕、公鸡牡丹等，布局显得非常之满，往往是少有空隙，即使有空隙处也用山水草地树根等补充，热闹而紧凑。针法丰富，但以擞和针、套针、施毛针为主，绣绒级细，绣面紧密，花卉之间留有水路。用色鲜艳浓重，有时还掺入金线，使画面更加富丽堂皇。广绣的主要作品是镜屏或挂屏等欣赏性作品，但也有作荷包等实用性作品的。

京绣是以北京地区为中心生产的刺绣，其主要特点是铺绒绣，题材多为花果、草虫、庭院小景、戏曲人物等，写实而生动。一般采用工笔画为蓝本，绣线为无拈劈绒，以缠针、接针、铺针等主要针法，根据物体的阴阳面，用变换色块及在绣花的色块上增绣其它针法来表现物象的层次和立体感。绒面薄而均匀，花纹光亮平贴，配色自然鲜艳。

苏绣以苏州、松江一带为中心，该地有着悠久的刺绣历史，尤其是明代顾绣的兴起对苏绣的发展起到了很大的作用。苏绣的特点是多以写生花鸟画为题材，根据国画画稿作绣本，这样出来的作品多为欣赏品。日用苏绣小品也很多，也多以花鸟虫蝶为主题，风格接近国画小品。为了表现国画中的晕色效果，苏绣针法中多采用套针，让丝线在套接时不露针脚，自然晕色过渡，晕色时的色差非常小，套接非常细，故而苏绣以精细雅洁而著名。苏绣小品配色高雅，清淡，花纹边一般留有水路，针脚整齐，绣面稍稍突起。

湘绣是湖南地区的代表性刺绣，其特点是构图优美豪放，绣技精巧灵活，色彩丰富艳丽，劈丝细而胜发，无拈而有绒面，故擅长绣绒面花纹，真实感强，又称"羊毛绒绣"，特别是绣狮虎等形象，威武雄健。

蜀绣是四川地区的代表性刺绣，其特点是构图简洁，虚实适宜，针法以套针为主，并有斜滚针、旋针等新的技法，使花鸟纹绣品立体感更强。

织物中最重要的地方性名产为三大名锦，宋锦、蜀锦和云锦，宋锦虽以时代名，云锦虽以纹样名，但事实上都带有极明显的地方色彩，宋锦多产于苏州，云锦多产于南京，而蜀锦自然是产于四川了。不过，织锦在清代并不是最突出的产品，而更为大量的是绫罗绸缎，而当时的丝织业重地基本都集中在江南地区，四川是较为独立的一块，因此，我们可以把南京、苏州、杭州和成都这四个中心作为织物生产产地来考察其特色产品，或许有利于我们对织物产地的判定。

南京在明代时是皇家丝绸生产的重心，到清代康雍时期更是得到了大力发展。其所产织金妆花一类产品，成为当时织造技术最高的代表。宫中所用大红蟒缎、大红缎匹、金拆缨等项主要由江宁承造，除此以外，江宁局还专门织制帛、诰敕、各色驾衣、彩绸和线罗等，特别是宁绸，以染黑色为主，也是南京的特色织品之一。

与南京不同，杭州虽然也有杭锦，也织过蟒缎，但其特色却是织造一些轻薄的丝织物，如杭罗、杭纺、绫、画绢、纺绸等，称为杭细。由于浙江地区丝质好，所织绫绸轻盈柔软，细腻而有光泽，花纹清晰，所以清宫大量袍服都是采用杭州生产的绫绸缎作面料，用暗花织物作袍服衬里。《大清会典》亦载："纺丝、纺杭绸项派杭州织造承办。"杭州织造官员也抱怨说"例用杭州缎绸居多"。在近年杭州一带发现的清墓中，出土者大多为杭绫、杭缎与杭绸。另外，杭罗、杭纺等产品至今还是杭州的丝绸名产。浙江湖州则以产绉著名，但这些绉经常以杭州的名义上供。民国时期杭州最有特点的织物是都锦生的像景织物，只要看到这类产品一般都是杭州产的。

苏州的特点似乎有点类似于南京，它也生产大量的重织物，如宋式锦，这是一种纹样风格参照宋代织锦，但组织结构用清代技术的织物。宋式锦主要有三种，一为大锦，又称重锦，质地厚重，色彩丰富，花纹宏大，多用作巨幅挂轴及陈设品；二是小锦，又称匣锦，图案多用小型几何纹或自然型小花，用色简单素雅，织造较粗，质地软薄，专用于装书画囊匣之用；三称细锦，组织多变，花纹细琐，厚薄适中。苏州的其它特点是漳绒漳缎和缂丝刺绣。

四川蜀锦的传统特色是经线起花，而且经线呈彩条状排列，因此，织出的织锦往往带有彩条或彩格。蜀锦中有一种较有代表性的品种是回回锦，即用各色不同的丝线排列成经，而纬线亦用各色丝线变换织入，其局部的组织是与闪缎一致的经纬异色五枚缎，但在总体效果上看则是有各种彩格的彩锦，因其形如回回，故称回回锦。此外，蜀地因与西藏相邻，织造唐卡类织物也较多。

三、织款与作者

与书画等其它古玩不同，织绣品生产往往是一件集体作品，绣与缂一般还能说出其作者的名姓，而普通织品就很难鉴定其作者了，当然我们有时还可以依靠织款知道其作者、作坊或厂家名称。

目前所知最多的作者是绣工。有名的刺绣名家如元代管道升，她是著名书画家赵子昂的夫人，善书画也工刺绣，其绣多为佛教题材，番禺叶玉甫家尚藏其《十八应真图》一册。明代刺绣中最为著名的是明末顾家的女眷，如顾名世孙媳妇韩希孟和曾孙女顾氏，其所绣多以画为本，绣画结合，绣出的作品可以作为艺术欣赏品来保存，其流传至今的如《仿宋元名迹册》和《花鸟册》等，世称顾绣，因居上海露香园，又称露香园顾绣。至今在民间常可以看到顾绣一类作品，乃是把顾绣作为一类产品看待的。明代另一位刺绣大家是浙江人倪仁吉，嫁给义乌人吴之艺为妻，擅绣佛像，名重一时，尤长发绣，有大士像传世。

当然，明代以前的刺绣作品已较难看到，清代的恽珠、丁佩、胡莲仙、赵慧君等都是当时苏州一带的刺绣好手，为顾绣的发展和苏绣的创立作出了很大的贡献，但其中更为有名的是清末苏郡沈立和沈寿俩姐妹，她们都自幼学习刺绣，能诗善画，在刺绣中很下功夫，尤其是沈寿的作品曾得到慈禧的嘉奖。当然，她们二人的作品现在已不易得到，但沈寿于民国初年在南通创办南通女子绣工传习所，所中学生的作品亦多，而且多有“南通女子绣工传习所”款，亦属珍贵。与沈氏姐妹相似的还有无锡人张华基，她也曾于民国初年在上海设立刺绣传习所，亦有各种作品传世。解放后，刺绣艺人中有名的可以苏州的顾文霞、任嘒闲、周巽先和朱凤等为代表。

这种情况不仅是在苏绣地区，在粤绣和湘绣发达的地区也能找到一些各地传统绣种的成名人物的代表作，如粤绣的余德、湘绣的肖咏霞和廖家惠、上海绒绣的惠婉玉等。广陵女子余韫珠，工绣仙佛人物、风格类宋绣，曾为王士禛等著名文人绣洛神、浣纱诸图；徐湘苹善发绣。浦江倪仁吉刺绣能灭去针线痕迹，曾绣

《心经》一卷。吴江杨和工发绣佛像；女儿沈关关能传其技，兼绣山水人物。青浦邵琨有针神之誉。吴县钱蕙亦擅发绣。武进钱芬，能把家乡景物入绣。长洲金采兰和卢元素，能诗工画，刺绣有名于时，句容骆佩香，元和周湘花，昆山赵慧君，皆能绣而有名。左宗棠孙女左又宜，嫁给书画家夏剑丞，工刺绣，山川花鸟人物无不精妙。但可以说，现有作品中绝大部分绣款均是没有名气的绣工，这需要做一些基础工作后方能理出一个眉目来。有些绣款经常借某个人的名号，如扇套上绣诗常作小山款，或许是一种商业行为，有时甚至是一个刺绣作坊中的流水作业产品，作品上有编号，但从绣的水平来看，倒也不尽是平庸之辈的作品。

缂丝作品上也常能看到缂工的落款，现有许多缂丝名家都是通过缂丝作品上的落款才知道的。如宋代的缂丝高手朱克柔、沈子蕃和吴熙等。朱克柔是南宋高宗时期云间人，其作品在当时就是官宦文人的争购对象，文彦可曾说:“朱克柔，以女红行世，人物、树石、花鸟、精巧疑鬼，工品价高，一时流传至今，尤成为罕赠。”朱克柔的许多作品一直保存至今，如《莲塘乳鸭图》、《缂丝花鸟图册》等。沈子蕃是南宋时吴郡人，吴熙是南宋时延陵人，亦有大量花鸟缂丝作品传世。但其它时期的缂丝作品中则少见有缂款者，不易知道缂工名姓。

织物的款识一直不为人们所重视，事实上织物出现织款也是在明代才开始的。目前所知织有信息量最大的是藏于中国丝绸博物馆的一块清水缎巾，上织“南京局造”、“清水”、“声远斋记”三款，南京局造说明这块织物是通过当时南京的官营织造而上供至京的，声远斋又说明这其实是由南京的民间机坊生产的，清水是指其质量乃属上品。明清时期，江苏一带绸缎的上品称清水，较次者为帽料，再次者为倒挽，清水就是其对自己质量的标榜。贵州曾发现一件织有“良货通京”的头巾，也应属于这类广告性质的词语。

清代织款所见更多，但大量出于江南三大织造。凡在江南织造中生产的织物有不少均织有某地织造臣某某的款识，如“杭州织造臣文治”、“江宁织造臣七十四”、“苏州织造臣文通”等，其用途有点类似于我国传统的“物勒工名”制度。也有一些既有织造官员名也有民间作坊名的织款，应该是由民间生产、织局委派或采办的产品，如“杭州万隆安字号本机”、“浙杭悦昌锦记本机选置”、“浙杭万丰载绒金库缎”等等，由此可知这些都是当时杭州的有名的民间机坊。有的时候，一些特别的织款也会是一些特殊织坊的名称，如故宫所藏织品中有织款作“耕织图”款者，应为当时北京的一个属于宫内的特殊染织机构所生产。此外，一些民间机坊也将自己的名号织入织物，当然，这也需要经过一番整理，才能由此知道这些作坊的地点、年代以及代表产品。

清末民初，一些有名的厂家也将自己的品牌和厂家名称织入织物。故宫就藏有一件浙江湖州达昌生产的梅竹鸟鹊纹的绸料，上面还织有“浙湖达昌绸督造”及其飞马商标。再如像景织物一般也在幅边上织上生产厂家的名称和织品名称。有的是直接用都锦生名称的，如“都锦生名人书画”或“都锦生五彩锦绣”等，这是正宗都锦生丝织厂生产的，价值特别高。还有一些是用杭州启文、国华等丝织厂款的，大多是三十年代杭州其它几家厂家仿制生产的。

第七章　织绣的鉴赏与收藏

织绣品的收藏，当然要从鉴赏入手。这里所谓的鉴赏，一是判断其文物价值和艺术价值，依赖的是眼光、史识和审美；二是对其市场价格的估算，靠的是经验和信息。能鉴赏者又能找到织绣艺术品的来源，并具备谈价的能力，最终才能有精品珍品的入藏。

一、织绣的鉴赏

从前面的几章，读者已经获得了鉴别织绣品种类和年代的初步知识，但用来鉴赏织绣品还不够。我们一般从以下八个方面来判断织绣品的价值和价格，即年代、品种、艺术性、是否名家作品、尺寸、品相、珍罕程度、市场大小等。兹分述如下。

1、年代

对文博系统的专业工作者而言，年代愈早的织绣品价值越高。但是，高年份的织绣品一般品相极差，多为残片，难入鉴赏家的法眼。所以，对待年代问题，要有一个辩证的观点。收藏家虽然也搜集早期织绣品，但并不放弃对品相的要求，尽管尺度可以有所放宽。

其次，年代与品种的关系密不可分。某一织绣的早期代表作和盛期的经典之作当然是集藏者追求的目标。如战国的楚绣、汉代的吉语锦、唐代的的联珠纹锦、宋代的八达晕锦、宋代的书画缂丝、明代补子等等。唐代虽已有缂丝，但多为腰带等实用品，纹样配色都很简单，与宋代朱克柔的作品（其价值价格都可以与宋代一流画家作品相比）相去何啻千里!

年代判定有时也极为关键。宋代是缂丝艺术之高峰，明代尚能继其风流余绪，清代则显出颓势。所以一般而言，宋代缂丝远胜明代缂丝；明代缂丝又远胜清代缂丝；清代康、雍、乾三朝作品又远胜清后期作品。就年份而言，清乾隆以后织绣中可以说极少有珍品。同样一件清代龙袍，乾隆朝的可以是咸丰朝的十倍。

2、**品种**

品种本身当然也影响其价值价格。总的来说，欣赏品要高于实用品，服装要高于匹料。缂丝作为织绣品种是特别受藏家青睐之物。服装中，袍胜于裙袄，龙袍等宫廷之物和官服又胜于民间服装。装饰品中，补子最受欢迎，本世纪上半叶起在欧美也形成稳定市场，价格居高不下，乾隆以前的补子一副价格都在5000美金以上。佩携品中，又以扇套、荷包惹人喜爱。扇套因书画折扇的走俏而价格一直在上涨；荷包则因其花样繁多制作精巧而被人看好。此外，手工提花的丝毯毛毯亦自成一珍贵品种。

品种几乎可以无限细分。例如，补子可分男补女补、方补圆补、文补武补。男补贵于女补；武补少于文补，因此较为珍罕。男补较女补尺寸为大；武补为兽纹，文补为鸟纹。文补中以品级较高者如仙鹤为贵；武补中品级较低者如犀牛、海马反而最为珍罕，几乎难以寻觅，因为武官着装多僭越品级，谁也不愿意穿用低品级补子。此外，明代鸟补中有双鸟一俯一仰者较多但更典型；单只鸟者较少，乃明代末期出现的，较前者价低。

3、**艺术性**

艺术品的收藏，当以其艺术性之高低为主要鉴赏标准。织绣的收藏也是这样。织绣品的艺术性，可因其艺术风格之不同而分别以不同的审美标准来对待。

一类为宫廷风格。其特征为富丽堂皇严谨精细。具体品种有龙袍、霞帔、御用丝毯服饰等。这类织绣多为明清之物，宜求大、求新、求全，其材料应优，其配色构图多复杂，其制作精到，一丝不苟。它们或失之俗，或失之拘谨，则不可苟求。

一类为民间风格。其特征为雅拙有趣，想象丰富而富于生命力。这类材料技巧或失之粗，但求立意新鲜而不陈腐，但求不入俗套。

一类为文人风格或书画风格。这类织绣多以名人书画为粉本，或缂丝或绒绣或发绣，以多书卷气为贵。虽以临摹为能事，但如立意高而取法乎上，既表现出名人书画的风神，又不失织绣肌理之趣味，则自属不凡，可为收藏中之铭心绝品。明露香园绣中以赵孟頫书画为粉本的册页，以及近人沈寿的作品，多属此类。

一类为闺阁风格。封建时代女子无才便是德，所以绝少读书和从事艺术创造的机会。养在深闺寂莫难遣，又心比天高身怀绝技，则尽数在织绣中一吐为快。这是女性艺术的精华。或表现为书画绣，或作裙襦，或为巾帕荷包，一针一线俱凝情思，自非一般伧夫俗妇之作以及店铺摊头的商品可以相比。

艺术性之表现既与品种相关，更受时代影响。明代的妆花粗放饱满概括，清代早期的妆花精细优美，清代中晚期的则流于琐碎恶俗。缂丝刺绣表现的自由度较大，织锦则受工艺限制较多。凡此种种，也应予以注意。

4、名家作品

织绣也有名家，虽不如书画篆刻，大师名手辈出且有详细记载。唐代有窦师纶，多创织锦花样，世称“陵阳公样”。但年代久远，甚是渺茫，至今并无实物可以印证。第六章第三节所举名家，或能偶有所遇。织绣艺人即使技艺高超，当时或声誉鹊起，但作品也往往不落款。有款之作更值得珍惜。笔者年前曾在上海一小拍卖行见一明末清初之刺绣中堂，画绣结合。画款为文徵明之曾孙女赵文俶，绣款为休宁方氏。此件制作既精，品相又佳，可惜索价太高，结果流标（底价三万不算太高，大拍卖行或许就能成交）。

5、**尺寸**

中国书画出售论尺，织绣的尺寸没有这样重要。可以悬挂的欣赏品和匹料等品种，尺寸一般也以大为贵。但荷包绦带之类，就难以以大小区分高低。扇套以一尺或近一尺的尺寸为好，小扇套用于女扇，因女扇价低而扇套亦被拖累。补子以明代尺寸为最大，男补大于女补，而以戏补为最小。所以补子以大为贵，可视作一般规律。

6、**品相**

织绣品的品相至关重要，因为织绣易于褪色损坏而难以修复。残破织绣品的外观与其当初的外观相去太远。

当然，商周汉唐的纺织品残片，依然被珍惜地收藏于各大博物馆。这些藏品，其用于研究的文物价值，大大超出了其作为艺术品或工艺品的审美价值。所以，一般的私人收藏家对此兴趣不大。

至于清代乃至民国的织绣品，如果残破其价值就会大大打折，特别是衣物饰品等日常生活中常见之物。北京的织绣文物专家王亚蓉女士曾说，如果残破之物也收，则收不胜收。另外，有些古董商人，西拼东凑，或草草修整，这类织绣也无多大价值。北京的另一位织绣专家，故宫博物院的陈娟娟女士也曾劝阻过赵丰在旧工艺品市场收购此类物品。

7、**珍罕程度**

物以稀为贵，织绣收藏同样循这一规律。明清武官补子中品级低的海马、犀牛反而贵重胜于狮虎，就是这个道理。荷包品种极多，其中腰圆荷包、鸡心荷包和褡裢荷包颇多精巧可爱者，但传世数量大故不甚珍贵，而葫芦荷包较为难觅故身价较高。缂丝少于刺绣，故缂线身价远高于刺绣。

8、市场大小

某一品种喜爱的人多、收藏的人多，求大于供的程度高，亦即市场大，其价格也高。例如，补子在海外有一批非常稳定的藏家，故其价格几十年来一直稳中有升。金莲鞋或小脚鞋的收藏者人数众多，但近年赝品出现也多，影响了其价格上升，但并没有下降。但织绣品的收藏者总的说来较少，大家对此要有较清醒的认识。

综上所述，织绣鉴赏是一个需从多个角度全面考虑的问题，而修养识见的提高是非常重要的。收藏者又应从以下三个方面去提高自己对织绣品的鉴赏能力。

1、多参观博物馆

国内外的很多博物馆都以收藏中国织绣著称。如北京故宫博物院的明清织绣，辽宁省博物馆的宋元明书画缂绣，新疆维吾尔族自治区博物馆的汉唐织物，湖北荆州地区博物馆的战国锦绣，湖南省博物馆的西汉织物和服装，福建省博物馆的南宋丝绸和服装都非常有特色。杭州的中国丝绸博物馆、苏州的苏州丝绸博物馆和刺绣博物馆、南通的南通纺织博物馆以及南京的中国织锦陈列馆则是织绣方面的专业博物馆。伦敦的维多利亚——阿尔伯特博物馆收藏的中国古代织绣服饰堪称一流，多伦多的安大略皇家博物馆的中国近代织绣服饰藏品数量也很多。博物馆所藏大多为精品眞品，赝品的可能极少，多看自然能提高眼力培养感觉。

2、多看参考书籍

在一些初入门者和古玩商人之间，有一种轻视文献重实物重实践的倾向。实物实践固然重要，但文献典籍的查阅也必不可少。可以说不读书者终于成不了收藏家，至多做一个藉此营利的商贾。沈从文先生的《中国古代服饰研究》和《龙凤艺术》，朱启钤的《丝绣笔记》、《刺绣书画录》、《女红传征略》和《清内府藏刻丝书画录》等，周锡保的《中国古代服饰史》，陈维稷主编的《中国纺织科学技术史（古代部分）》，赵丰的《丝绸艺术史》，缪良云的《中国历代丝绸纹样》，王亚蓉的《中国民间刺绣》，黄能馥的《中国美术全集·工艺美术编·印染织绣》等都大可一读。这些书各有优点，有的图片精美，有的论证详尽，有的叙述清晰。但是，所有这些书都缺少关于织绣品的鉴定、欣赏特别是市场价格方面的内容。有几种海外的专业杂志，可以弥补此种缺憾，如香港的《Orientaition》和英国的《Hali》。前者以亚洲艺术的收藏为内容，目标读者是亚洲艺术品特别是古代和传统艺术品的收藏家和鉴赏家，月刊，事实上每年出 11 期。其中常有关于织绣品的鉴赏研究和拍卖情况的介绍。后者是一本以古代织毯和其他织绣艺术为内容的期刊，对图片质量的要求非常高。其中关于中国织绣的文章不少，作者倒不一定是中国人。另有一本《Canadian Collector》性质也相近，也可一读。这三种杂志都用英文写作，这或许会增加一点阅读的困难。古文修养较好的藏家，可读一点古代文献典籍，如元代费著的《蜀锦谱》和清代陈丁佩的《绣谱》。除此之外，苏富比和佳士得的拍卖图录也颇有参考价值，他们经常拍卖中国的珍贵织绣文物。中国国内的拍卖行如瀚海、嘉德或朵云轩则很少拍卖织绣品。

3、多了解市场

多跑工艺品市场，可以熟悉民间的织绣品价格行情。相对而言，民间收藏织绣品的人数较少，懂织绣的行家里手更少。所以，市场上的价格与拍卖行或文物商店大不相同。多跑多比较，多询问多看，但下手买却要慎之又慎。

二、织绣品的收藏

织绣品的收藏并不一定通过购买来完成。特别是一些近代的服饰和日用品，仍在一些大户人家“压箱底”。作者因为经常写些有关织绣收藏的文章，所以接受的赠物不少，其中大多是旗袍。赠与者有亲友学生也有素不相识的人，有的还从遥远的外省市寄来。博物馆也经常得到织绣类的捐赠。在安大略皇家博物馆的中国织绣藏品中，大多数是捐赠物，捐赠者多为 19 世纪末到 20 世纪初在中国的传教士和商人的后裔。织绣知识比较专门，所以，也并非化钱越多越能得到精品。收藏织绣品最好从以下五个步骤着手。

1、定题

收藏者最好要先定一个集藏的主题，定一个目标。织绣品目繁多，如样样都收，家里就会像一个杂货铺或旧衣铺。定好主题，才有希望出成绩。如上海浦东的包畹华收藏戏服，且以新制自制戏服为主；美国的格兰·罗伯特（Glenn Roberts）夫妇以金莲鞋为集藏主题；天津的何志华以服饰为题，等等。

2、广源

要收藏出成绩，一定要有较广的藏品来源，藏品来源多样化。一般而言拍卖会是最高级别的来源。拍卖会上的织绣拍品，多为书画缂绣、补子、龙袍一类的高档品，年份都不见得太早，但品相完好，艺术水准高，价格也比较高。但是，有一些小拍卖会，如京沪两地流行的周末拍卖会，常有价廉物美之织绣或服饰。笔者一次在上海德康周末拍卖会上，以 100 元（加 10 元佣金）拍得一无底价猞猁皮箭袖，乃清代之物，颇为罕见。

国营工艺品商店和文物商店之物一般都为普通品而且价高，但也不可一概而论。我曾在武汉市文物商店以 20 元一件单价，挑选了十几件“活计”（即清代随身佩带之小绣件），有眼镜盒、荷包、耳套和钥匙袋等。因为买得较多，还打了九折。其中颇有几件纹样新颖有趣针法细密的东西。特别是一件褡裢荷包，图案为钟面，想来是当年钟表传入民间不久，大家尚感新奇时被那位心灵手巧的女性所设计。以钟面入绣，这是我所见的唯一一件。当旧工艺品市场价格飞涨之时，国营工艺品商店和文物商店的反应常常会慢一拍。我还曾以数百元人民币，把一家国营店内的七副清代补子（有全有不全）全部买下，这时市场价早已超出此价数倍。

旧工艺品市场上的织绣为数也不少。问题是真假混杂，而且品相差者甚多。但是，这里以低价获珍品的机会也存在，就看你的耐心、机遇、眼光、决心和购买技巧。我曾在东台路一家小店里，分两次各以 20 元买到一纳纱锦鸡补前胸的左右两半。另一次在福佑路小商贩手中，以 650 元买到两件品相佳、做工精致的清代百褶裙。相对来说，收藏织绣品而有意外之遇，其机会比买到明清官窑瓷或名家书画的机会大得多。织绣收藏者人数较少，故竞争也少。

如果有机会直接从民间私家尚有传世织绣保存的人手中收买，那当然更为理想。这些人往往并不视之为宝，也高兴有人收藏，免除了他们的责任和负担，还能在经济上小有收获。这些家中之物一般品相较好，也颇干净，不像摊头之物那般腌臜破旧。

由于国内藏品市场价格的大幅度飚升，海外一些古董店的价格反而显得低了。在香港万玉堂或 Spink 偶尔能买到比国内还便宜的织绣品。在欧美的一些中小城市，找到价廉物美织绣的机会就更多了。

3、整理

织绣收集到手后，应加以整理。整理包括两个方面。一是对其年份、名称、种类、材料诸方面的研究考订，把已知的信息加以记录，并编号入藏；另一方面是对其进行清洗（如果需要并对藏品无损）、修补等。根据文物收藏的不成文法，任何修复工作应该是可逆的。

在欧美的许多大学里，都设有纺织品文物修复保管的课程，这是一门需要化学、考古、历史等各种学科为基础的课程。在此就不加详述了。民间藏家在一般情况下，只要使藏品达到一种基本完整清洁的状态就行了。没把握决不要轻易施以清洗修补。织绣文物的褪色和脆弱老化问题是很难处理的。

4、保管收藏

织绣品如不加以妥善保管收藏，则非常容易状态恶化。织绣品一般怕光、怕湿又怕过于干燥。光照会加速褪色和纤维老化，湿度会使之长霉或腐化，太干燥会使之脆化。所以，收藏织绣处要避光，最好有温度和湿度控制设备。避光容易做到，湿度控制也可通过通风和干燥剂的使用来达到。此外，防蛀防霉也很重要。

织绣品最好平摊存放。放置的器具如抽屉要浅而大。藏品和藏品之间可用白色薄纸隔开。要准备一些大而浅的纸盒，以备欣赏和研究时取用。

5、展示

为了自己赏玩或与他人共同欣赏，织绣藏品的展示陈列方法也很重要。旧时织绣的展示常采用类似书画装裱的方式，或立轴或条屏，或横披或手卷册页，古色古香，十分高雅，既便于观赏，又可作居室布置。这种方法仅适用于缂绣织锦中以书画为粉本或花纹图案具有独立欣赏价值者。它还有一个缺点，即织绣品的反面被裱头遮盖，再也无从观察研究。而不少织绣的研究者需要从反面分析织绣品的组织结构，在织绣品的鉴定过程中也常需从反面进行观察。

海外的收藏家常综合采用水彩等西画的装裱方法展示织绣

品。卡纸等许多现代装裱材料也可广泛选用。他们常在织绣反面留下观察的“窗口”。

服装可用人体模特儿、胸架或衣架进行展示。在欧美鉴赏家的客厅里，我曾见到用衣架陈列于楼梯前的清代龙袍。丝织物畏光照易沾灰。天鹅绒一类的起绒织物，由于静电作用等非常容易沾灰，且不易清除，特别是领部和肩部。有条件的话，还是以置放于大玻璃橱中为宜。

织毯类常被悬挂陈列。对于大型的毛毯来说，要考虑其本身的巨大重量而给予支持，否则易于断裂。支持的方法有背面夹上其他纺织品等。

织绣品在陈列时，要防止观者用手抚摸。收藏家自己整理时也要带手套。也不宜让人凑得太近地观察，以防呼吸中的水气和细菌进入织绣品。收藏家或研究者需就近分析观察时，可带口罩。

陈列展示不仅是一门技术，也是一门艺术。其疏密高低的安排，就看你自己的审美观和匠心独运了。

附录 近年海内外织绣品拍卖情况

一、1994年春苏富比台北拍卖会（定远斋藏品）

品　名	规　格 (cm)	成交价 (新台币元)
清 露香园款刺绣文会图轴	186.5×47	103.500
清 刺绣松鹤图立轴	153×71.5	149.500
清 刺绣宫庭图立轴	185×93	126.500
清 刺绣八仙图立轴	177×89	115.000
清 刺绣庭湖会聚图立轴	186.5×46.7	115.000
清 刺绣俊士骑马图立轴	179×42	115.000

二、1995年金陵中国书画名家暨工艺美术大师精品拍卖会

品　名	规　格 (cm)	估　价 (人民币元)
顾文霞等 刺绣蒙娜丽莎肖像	64×41	60.000－80.500
任嘒闲 刺绣美女与鹅	60×40	100.000－120,000
顾文霞 双面绣洞箫仕女图	50×35	120,000－160,000
顾文霞等 刺绣八十七神仙卷	58×248	40,000－50,000

三、1995年朵云轩第一届艺术品拍卖交易会

品　　名	规　格 (cm)	估　价(人民币元)
无款七言绫本刺绣对联	199×24	4,000-6000

四、1995年9月佳士得东方部纽约地毯拍卖会

品　　名	规　格 (cm)	估　价 (美　元)
中国棉织马鞍毯(19世纪后半叶)	168×56	2500-3500
夏织毯(19世纪后半叶)	224×168	3500-5000
宁夏织毯(19世纪)	422×371	10,000-15,000
中国彩花毯(19世纪后期)	353×285	4,000-6,000
中国的迪考艺术织毯(1935年)	192×214	5,000-7,000
中国地毯(19世纪上半叶)	320×180	2,000-2,500
中国地毯(1925年)	350×274	3,000-4,000
中国挂毯(19世纪后半期)	239×137	2,500-3,000
中国鞍毯(19世纪后半期)	125×64	1,200-1,500
中国龙纹挂毯(19世纪中期)	323×191	4,000-6,000
中国龙纹挂毯(19世纪中期)	320×193	4,000-6,000
中国迪考艺术地毯(1930年)	350×277	4,000-6,000
中国万寿纹地毯(1925年)	295×252	8,000-10,000
中国龙纹地毯(1875-1900年)	130×69	1,500-2,500
中国花卉纹鞍毯(19世纪中期)	125×61	1,500-2,000

五、1995年10月佳士得南坎欣顿东方和伊斯兰服饰织绣拍卖会

品名及年代	成交价 (英　镑)
1. 深青缎绣花女褂(清代后期)	393.75
2. 天青缎绣花女袍(19世纪末)	202.50
3. 天青缎绣花儿童坎肩两件(19世纪)	900
4. 绿龙凤纹缂丝朝裙(19世纪)	120－200(流标)
5. 绿绫地绣花马面裙两片(不成套,19世纪)	281.25
6. 缂丝女蟒褂、霞帔和马面裙一套(19世纪后期)	562.50
7. 棕色缂丝霞帔(19世纪)	350－550(流标)
8. 缂丝龙凤马面裙(19世纪后期)	200－400(流标)
9. 刺绣龙凤马面裙(20世纪初)	11.25
10. 纱地花卉鱼纹女袍(19世纪)	618.75
11. 缂丝满地花女袍(19世纪)	1462.50
12. 缎地绣戏服(20世纪)	22.50
13. 团龙箭袖绣袍(20世纪)	675.00
14. 缎地绣龙袍(20世纪)	1012.50
15. 缂丝龙纹朝服(19世纪下半叶)	106.88
16. 蓝缂丝龙袍(1800年)	472.50
17. 缂丝箭袖龙袍(18世纪)	900.00
18. 纱地绣花卉纹马面裙(18世纪、破损)	213.75
19. 青九龙云鹤纹箭袖纱袍(19世纪)	956.25
20. 青九龙花鸟纹箭袖纱袍(19世纪)	675.00
21. 黄地八龙十二章袍(缺箭袖、里子重配,19世纪)	6187.50
22. 深青地皮球花蝴蝶纹女袍(19世纪)	506.25
23. 橙地团花纹纱地绣袍(19世纪)	427.50

品名及年代	成交价 (英　镑)
24. 九龙四章纱地绣袍(19 世纪)	7312.50
25. 绣花云肩等四件(19 世纪)	220－280(流标)
26. 七品鸂鶒补服(19 世纪)	360.00
27. 深青团龙团凤霞帔(19 世纪后期)	350－550(流标)
28. 盘金绣九龙纹箭袖袍(19 世纪)	1575.00
29. 青纱地刺绣九龙蝙蝠纹箭袖袍(19 世纪末 20 世纪初)	787.50
30. 纱地常服团花绣袍料一件(19 世纪)	1237.50
31. 绣九龙福寿纹箭袖袍(19 世纪)	450.00
32. 绣九龙八吉祥箭袖袍(19 世纪)	675.00
33. 绣九龙云纹八宝箭袖袍(19 世纪)童用	450.00
34. 缎地龙凤绣袍(19 世纪)	618.75
35. 纱地绣九龙纹箭袖袍(19 世纪末 20 世纪初)	472.50
36. 缎地龙云纹袍料(缺、19 世纪末 20 世纪初)	315.00
37. 团龙亮地纱袍(19 世纪末)	450.00
38. 缂丝九龙箭袖袍(19 世纪末)	843.75
39. 盘金绣花鸟纹戏服一套(一件褂子一对套裤,19 世纪)	315.00
40. 纱地花蝶纹绣袍(19 世纪末)	1012.50
41. 缎地折枝花团寿袍(19 世纪末)	800－900(流标)
42. 深青花蝶纹绣大褂(19 世纪)	405.00
43. 缎地绣花蟒袍(19 世纪)	393.75
44. 缎地绣花马面裙等四件(19 和 20 世纪)	200－300(流标)
45. 纱地团花绣袍(19 世纪末)	157.50
46. 八宝纹天青绫袍(19 世纪末)	427.50
47. 红缎海豹皮吉服冠(19 世纪晚期)	225.00
48. 团鹤纹箭袖袍(19 世纪)	1575.00
49. 九龙八宝纹箭袖袍(19 世纪后期)	1068.75

品名及年代	成交价 (英　镑)
50. 缎地盘金绣蟒服(19世纪)	506.25
51. 缂丝团龙袍(19世纪)	7312.50
52. 缎地盘银绣团花四开禊箭袖袍(19世纪末20世纪初)	450－650(流标)
53. 缂丝九龙十二章箭袖袍(18世纪)	18.000
54. 纱地龙云纹袍料("鸿彰永"织款19世纪)	360
55. 九龙云鹤八宝纹箭袖袍(19世纪)	1575.00
56. 缎地盘金绣蟒服(19世纪)	843.75
57. 绫地绣龙云纹袍(19世纪)	95.63
58. 缂丝九龙四开禊箭袖袍(19世纪)	360.00
59. 团花纹绫面绢里绵袍(19世纪晚期)	146.25
60. 团花纹绫袍(1900年)	225.00
61. 提花团龙箭袖袍(19世纪)	213.75
62. 八龙缎地绣褂(19世纪)	315.00
63. 缎地花卉纹绣褂(19世纪)	360.00
64. 花卉纹百褶裙(19世纪晚期)	250－300(流标)
65. 漳缎女褂(19世纪)	450.00
66. 缎地刺绣蟒褂(19世纪)	281.25
67. 缎地刺绣九龙福寿八宝纹箭袖袍(19世纪早期)	787.50
68. 团龙暗花绫花卉绣袄(外一件日本和服,20世纪)	225.00
69. 缂丝九龙箭袖袍(19世纪晚期)	450.00
70. 花卉纹暗花绫褂(19世纪)	540
71. 马面裙、童服等三件(19世纪)	247.50
91. 深青缎龙纹刺绣披领(19世纪上半叶)	300－400(流标)
95. 竹衣两件(19世纪)	247.50
139. 竹衣一件(19世纪)	157.50
148. 龙纹漳缎椅垫(18世纪)	78.75

品名及年代	成交价 (英　镑)
157. 婴戏图锦缎(40×142cm,18世纪)	337.50
168. 麻姑献寿图绣轴(150×310cm, 19世纪)	843.75
170. 缂丝奕棋图(143×215cm)	3150.00
171. 缎地刺绣袖饰一对(19世纪后期)	168.75
180. 刺绣道袍(改装成壁挂,18世纪)	787.50
209. 缂丝刘备越擅溪图(75×169cm, 19世纪)	1237.50
212. 广绣凤鸟纹被面(225×250cm, 19世纪)	350-550(流标)
226. 绣二品锦鸡补前胸(19世纪后期)	225.00
228. 绣九品练鹊补一对装插屏(19-20世纪)	675.00
230. 绣武三品豹补一对(19世纪)	281.25
231. 绣文一品仙鹤补前胸(19世纪)	337.50
232. 三对文官绣补(①三品孔雀,②五品白鹇,③空补,19-20世纪)	157.50
242. 缂丝百子图(142×202cm,19世纪)	6750.00

六、1996年春上海德康拍卖行

品　　名	估　价 (人民币元)
邓石如书法刺绣镜片四件	5,000-12,000
缂丝天官图立轴	12,000-32,000

七、1996年3月佳士得新加坡拍卖会

品名及规格	估　价 (新加坡元)
缀珠镶银天鹅绒带一对(长38cm, 1900年)	1000-1500
女用绣花领围(直径32cm)	1,000-1,500
暗花绫地刺绣凤凰纹盖帕(58×60cm, 1930年)	1,500-2,000

品名及规格	估　价 (新加坡元)
新娘刺绣袄裙一套	2,500－3,000
绫地绣花桌围(53×100.5cm)	3,000－5,000
珠绣女拖鞋一双	600－800
新嫁娘滚兔毛边坎肩等绣衣四件	1,800－2,500
霞帔一对(每条101cm长)	1,800－2,200
新娘用刺绣护膝一对荷包一个	1,600－2,300
珠绣眼镜盒	600－800
绒地刺绣床沿(8×195cm)	1,500－2,000

八、1996年4月佳士得南坎欣顿伊斯兰和东方服饰织绣拍卖会

品名及年代	估　价 (英镑)
1. 暗花纱女褂(19世纪后期)	250－450
3. 绣箭袖龙袍(19世纪后期)	1000－1500
4. 团龙纹箭袖袍(19世纪后期)	200－300
5. 红绸马面裙与缎褂(19世纪后期)	150－200
12. 绣五品白鹇霞帔(19世纪)	150－200
16. 五品白鹇补服(19－20世纪)	200－400
18. 花蝶纹暗花绫三镶三滚女褂(19世纪)	无底价
69. 天青地团龙绣道袍(19世纪)	250－450
70. 绣童鞋两双(19世纪)	180－220
73. 夏吉服冠连帽箱等四件(19世纪)	100－200
74. 花盆底绣鞋一双(19世纪)	无底价
75. 冬吉服冠连皮帽箱(19世纪)	500－700
115. 刺绣腰圆荷包两件(连补子等另两件，19－20世纪)	120－200

品名及年代	估　价 (英镑)
141. 活计十三件(9 件扇套 4 件眼镜盒，刺绣或缂丝 19-20 世纪)	100-200
153. 七品鸂鶒绣补一对(19 世纪后期)	180-250
154. 五品白鹇绣补一对(19 世纪后期)	180-250
157. 二品锦鸡绣补前胸(19 世纪后期)	150-250
161. 一品仙鹤绣补一对(19-20 世纪)	300-400
162. 六品鹭鸶绣补一对(19 世纪)	180-280
163. 九品练雀绣补一对(19 世纪)	100-200
164. 一品仙鹤绣补一对(20 世纪)	150-200
165. 八品鹌鹑绣补一对(1900 年)	180-280
176. 缂丝山水横披(41×194cm，19 世纪)	500-1000
179. 竹衣一件(19 世纪后期)	350-450
缎地绣桌围(77×86cm，19 世纪)	300-400
183. 刺绣挂屏一对(24×82cm，19 世纪)	300-400

图 录

1、战国小菱形纹锦绵袍

2、东汉万世如意锦袍　　　吐鲁番出土　乌鲁木齐博物馆藏品

3、北朝树叶纹锦

4、唐联珠骑士纹锦

5、唐联珠鹿纹绵

6、北宋溪鹈锦

7、北宋灵鹫纹锦

8、宋方胜团龙纹绸

9、宋褐色纱地绣串枝花边饰

10、南宋褐色罗地绣婴对莲抹胸

11、元团龙团凤龟子纹纳石失

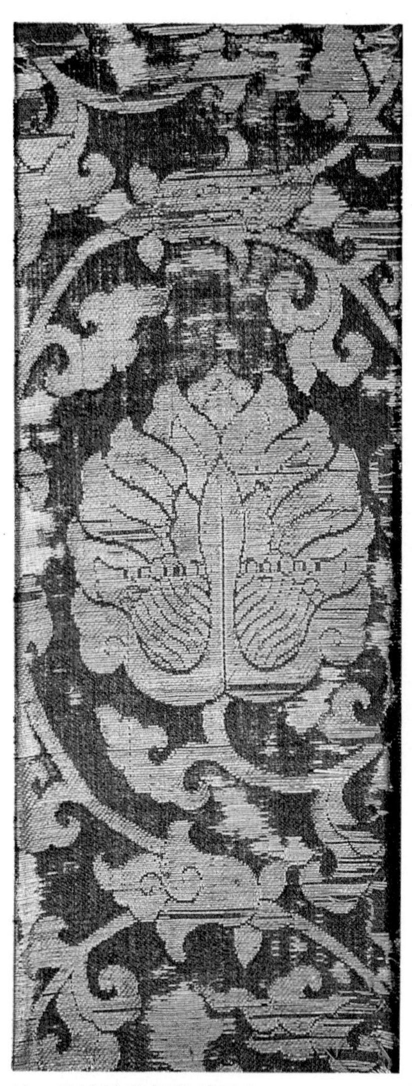
12、元缠枝宝相花纳石失

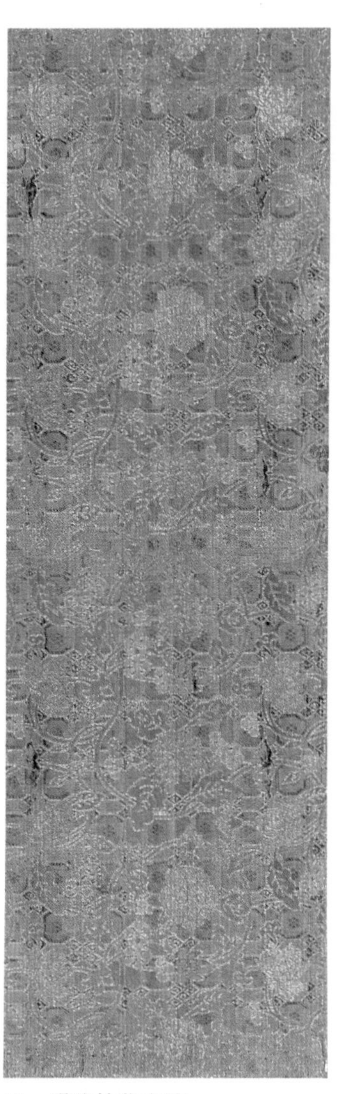
13、明缠枝花卉锦

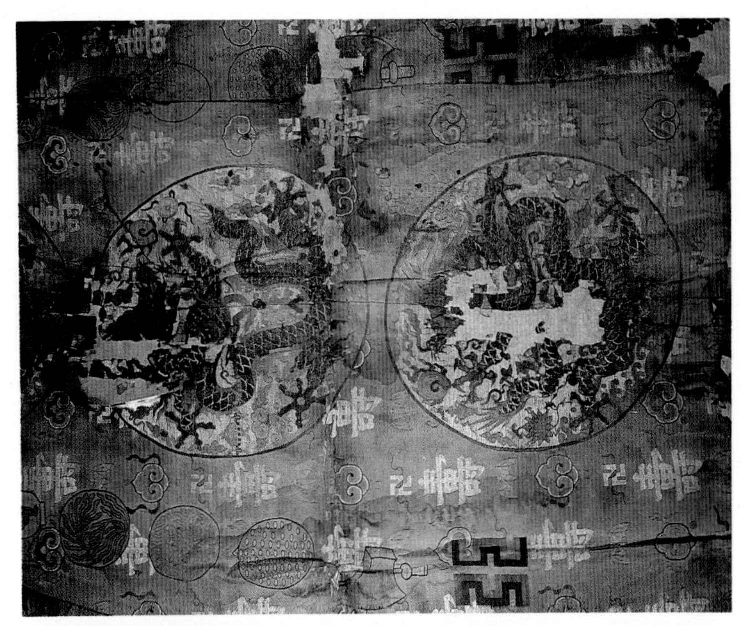

14、明缂丝龙袍残片

15、明刺绣百子图残片

16、明佛经织锦封面

17、明寿桃妆花纱

18、明露香园绣杏花村图

19、明刺绣芙蓉鸳鸯图

20、明八宝纹夹缬

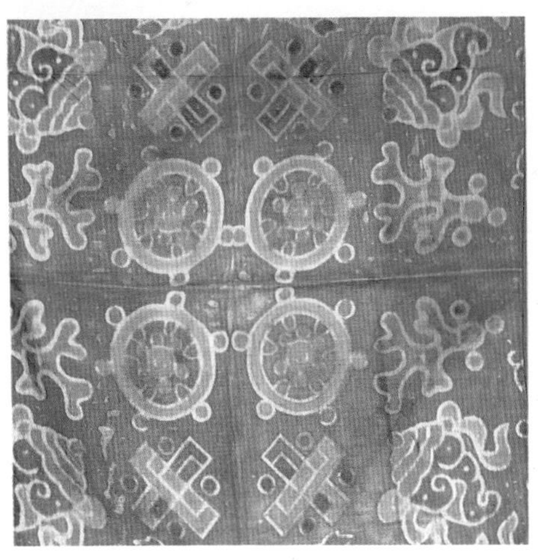

21、明洒线绣凤穿花

22、明花卉盘绦纹锦

23、晚明团龙团凤缠枝芙蓉菊妆花缎

24、明代缂金婴戏图

25、明露香园绣双凤图

26、明落花流水紫白锦

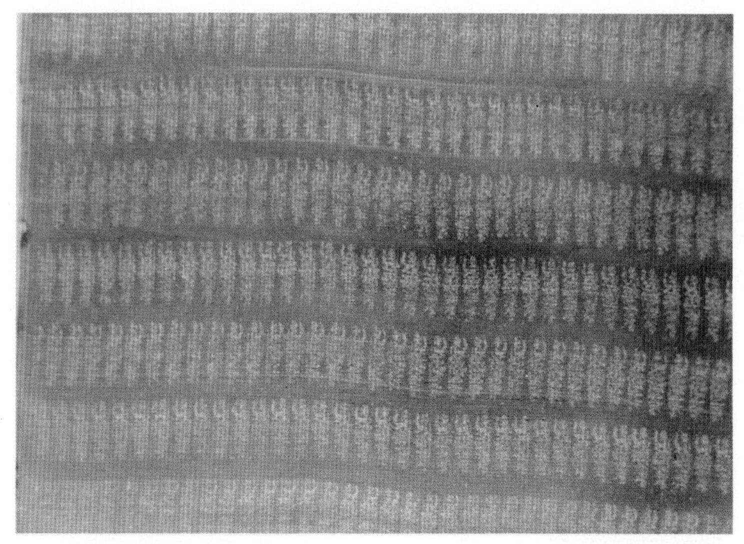

27、明代黄地织金细龙纻丝

28、清康熙大勾莲漳缎

29、清乾隆缂丝五彩云蝠金裕袍

30、清乾隆玫瑰花金宝地

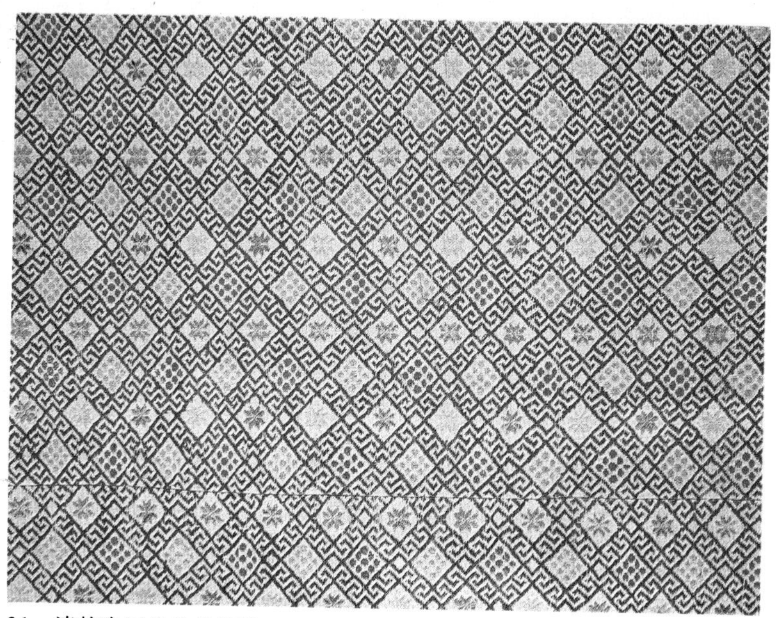

31、清乾隆回纹朵花僮锦

32、清乾隆明黄缎绣五彩云金龙朝袍

33、
清乾隆罗可可大卷草纹妆花缎

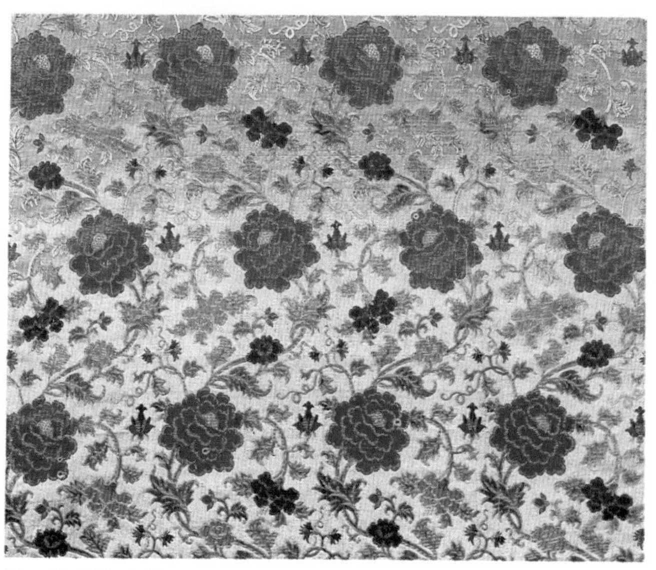

34、清中期缠枝花五彩织金绒

35、清中期菱纹朵花绒

36、清中期几何小花纹锦

37、清天华锦

38、清刺绣盘金官样（即官用“活计”）

39、清后期缎地盘金绣蟒袍　1995 年拍卖成交价 843.75 英镑

40、清后期团龙箭袖绣袍　1995 年拍卖成交价 675.00 英镑

41、清绰丝八仙过海图　177×92cm　1995 年拍卖估价 9-12 万人民币

42、晚清补子　佳士得拍卖

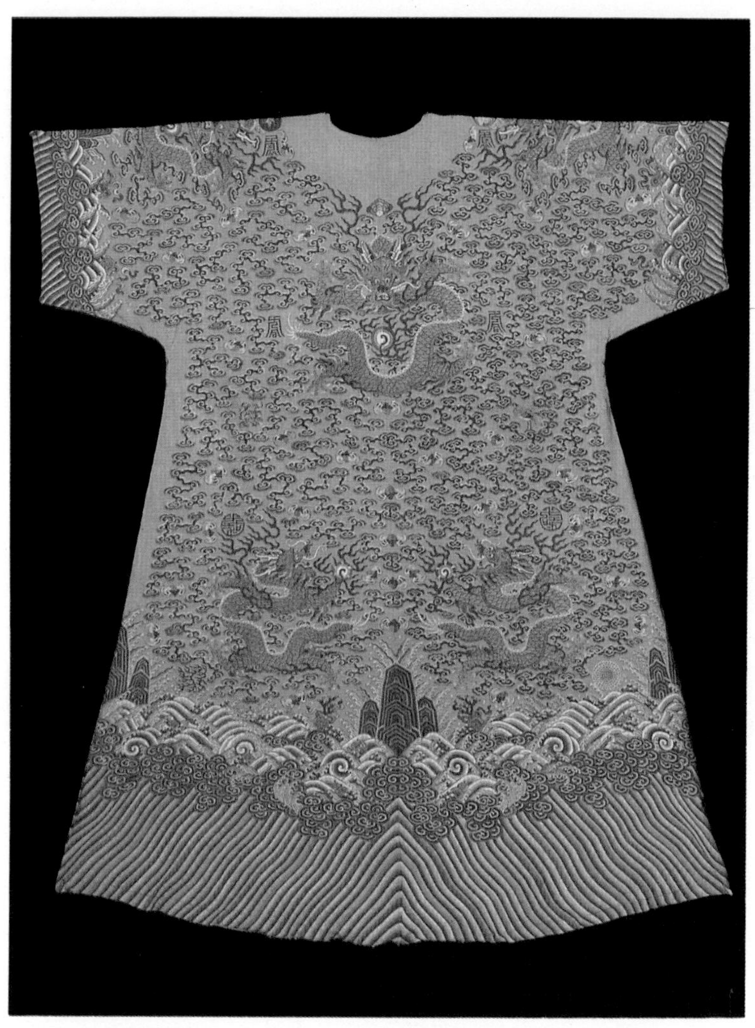

43、晚清黄地绣八龙十二章袍　1995 年拍卖成交价 6187.50 英镑

44、晚清黄纱地满绣缠枝宝相花亭台楼阁罩　90×125cm

1995年拍卖成交价2812.50英镑

45、晚清九龙云鹤八宝纹箭袍　1995 年拍卖成交价 1575 英镑

46、清末鞋帽服饰（佳士得拍卖）

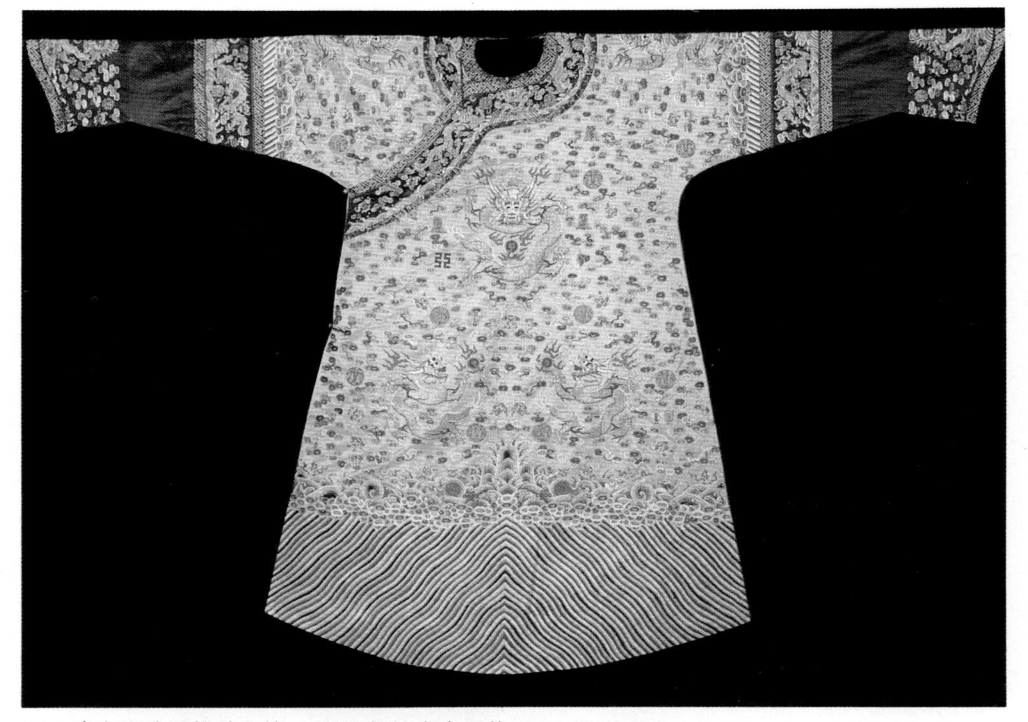

47、清末缎地绣箭袖龙袍　1995 年拍卖成交价 1012.50 英镑

48、晚清深青缎地绣花女褂　1995 年拍卖成交价 393.75 英镑

49、清末狮子戏球纹提花织毯　116×202cm

1995年拍卖估价3500-4000英镑

50、晚清绣九龙八宝云纹箭袖袍　1995年拍卖成交价450英镑

51、晚清“鸿彰永”织款龙云纹袍料　1995 年拍卖成交价 360 英镑

52、19 世纪女用刺绣龙袍　1995 年拍卖成交价 1575 英镑

53、晚清盘金绣狮子补

54、清末彩绣云雁补

 55、晚清提花孔雀补

56、晚清红绸百褶裙

57、清铺绣人物

58、清末盘金绣戏服　1995 年拍卖成交价 315 英镑

59、晚清漳缎女褂　1995 年拍卖成交价 950 英镑

0、晚清团鹤纹箭袖袍　1995 年拍卖成交价 1575 英镑

61、清末青色纱地九龙蝙蝠纹箭袖袍　1995 年拍卖成交价 787.50 英镑

62、清末缎地盘银绣团花四开裾箭袖袍　1995年拍卖估价450-650英镑

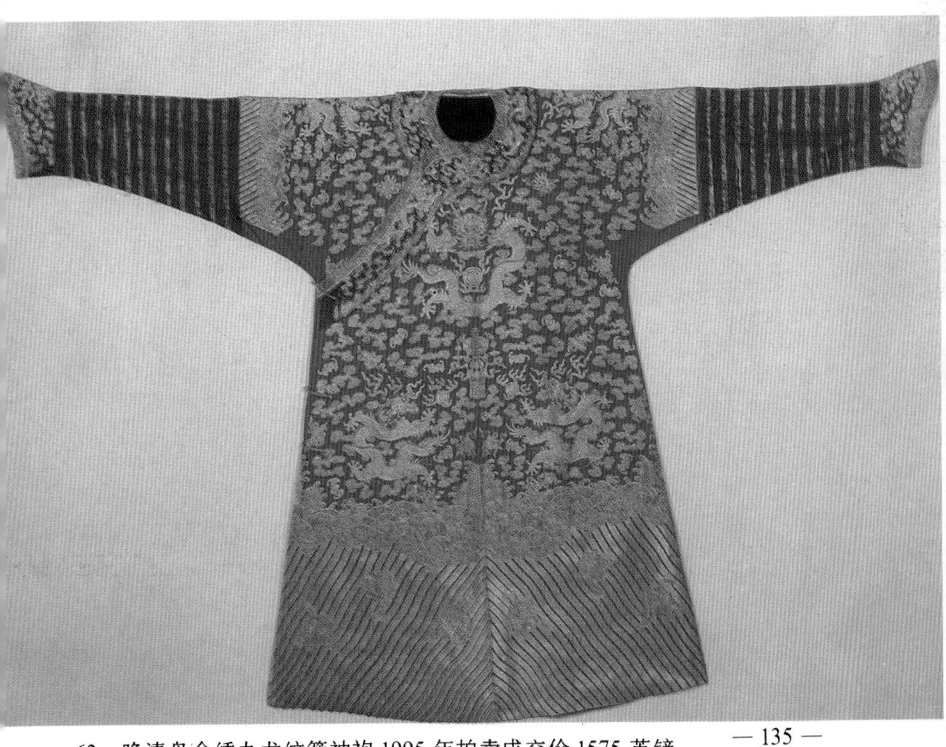

63、晚清盘金绣九龙纹箭袖袍 1995 年拍卖成交价 1575 英镑

64、明代织金狮补

65、明代艾虎五毒织锦　66×56cm

66、明代织锦唐卡　69×56cm

67、元代针圈绣僧人“祈祷毯”

68、宋代佛像织锦

37×28cm

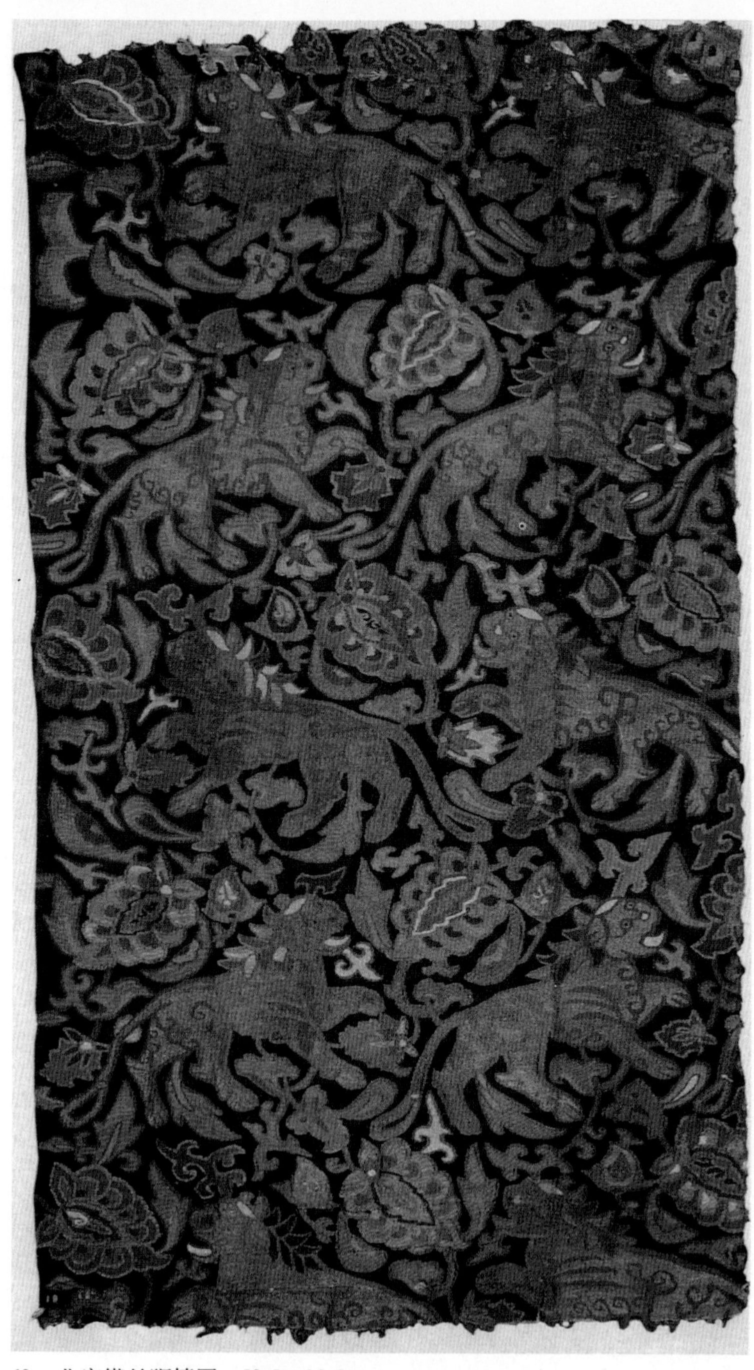

69、北宋缂丝狮嬉图　58.5×33.5cm

70、南宋绣佛像二幅　39 × 17.5cm

71、北宋缂丝凤凰鸭鹿袍料残片

72、明代天鹅绒地绣龙

73、清代中期麒麟纹宁夏地毯　230×298cm

74、清代琵琶襟女马甲

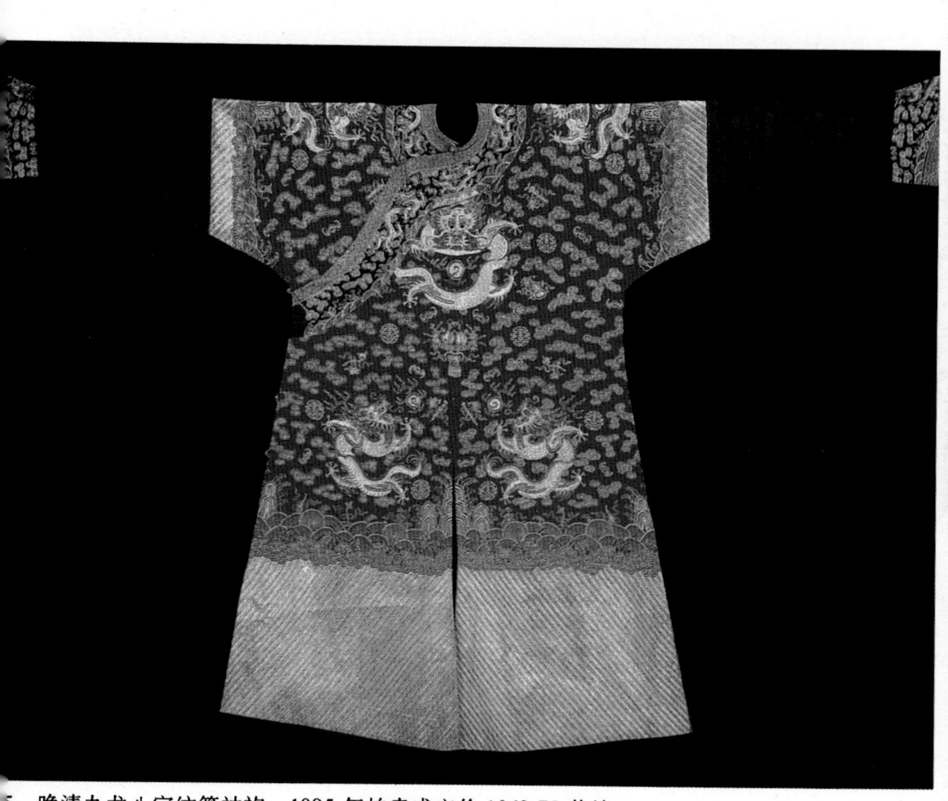

5、晚清九龙八宝纹箭袖袍　1995 年拍卖成交价 1068.75 英镑

76、清代牛纹织花筒裙

77、清代狮鸟纹壮锦

78、民国湖色地福寿富贵花卉缎料

79、民国漳缎“一枝花”女袄

80、清缂丝奕棋图　1995 年拍卖成交价 3150 英镑

81、1920 年代镶花边绸裙　参考价 30-40 元

82、1930 年代印花衬绒旗袍

83、1930 年代印花夹旗袍

84、1920 年代圆下摆倒大袖花绸女袄　参考价 20-40 元

85、民国“岁星偷桃图”像景织物

86、民国初年机织花边

清松鹤刺绣 1994 年春 台北苏富比

估价 10,000-15,000 新台币 成交价 149,000 新台币

清宫庭图刺绣 1994 年春 台北苏富比

估价 20,000-30,000 新台币　成交价 126,500 新台币

中国织绣鉴赏与收藏

编　　著	包铭新　赵　丰
责任编辑	俞子林　吴伦仲
技术编辑	毛志明
扉页题签	程十发
封面设计	柯国富
出　　版	上海书店出版社(福州路 424 号)
发　　行	新华书店上海发行所
印　　刷	上海财经大学印刷厂
开　　本	850×1168 毫米 1/32
印　　张	5.25
印　　数	0001—8000
出版日期	1997 第 7 月第一版 1997 年 7 月第一次印刷
书　　号	ISBN 7-80622-261-8/G·36
定　　价	40.00 元

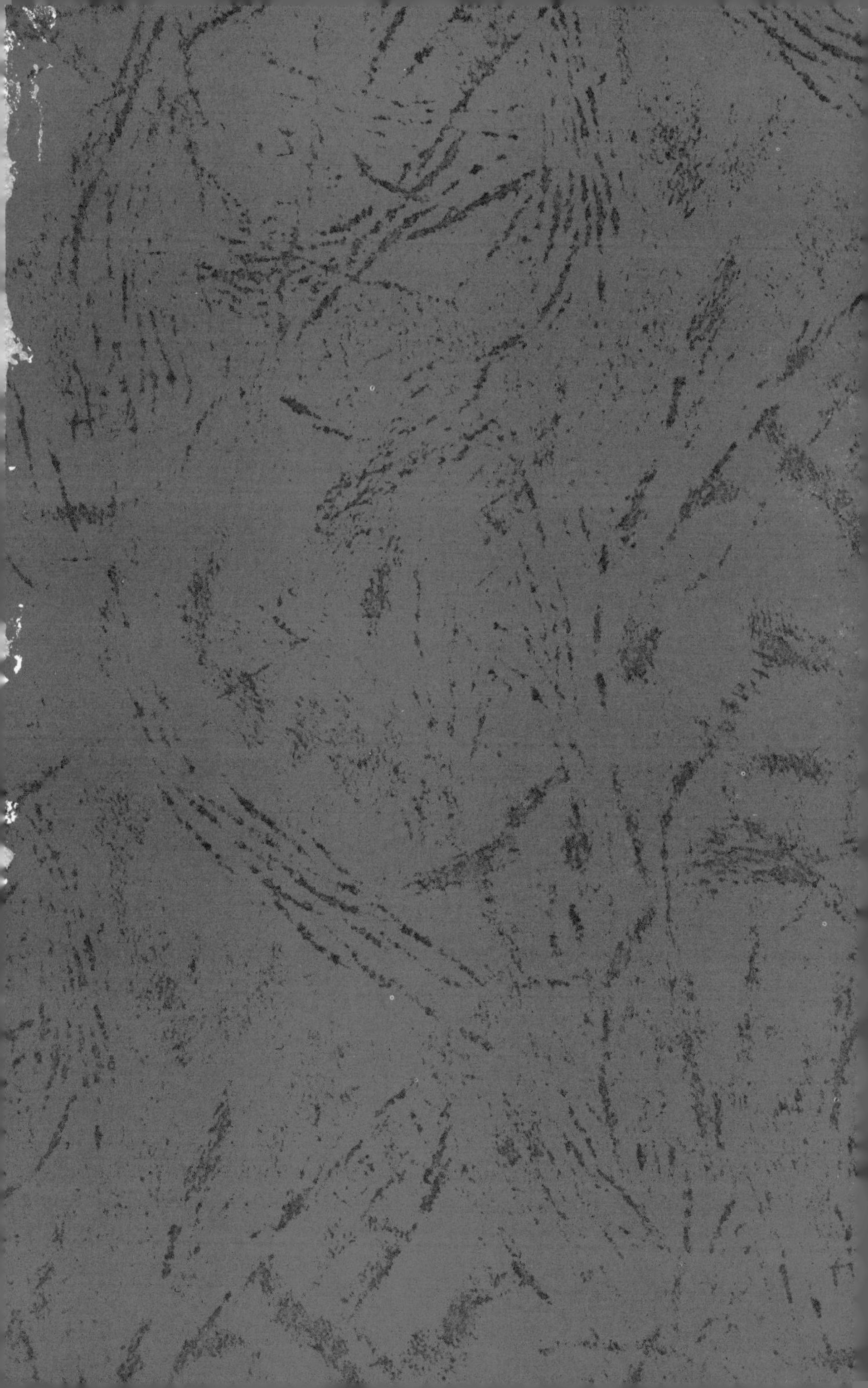

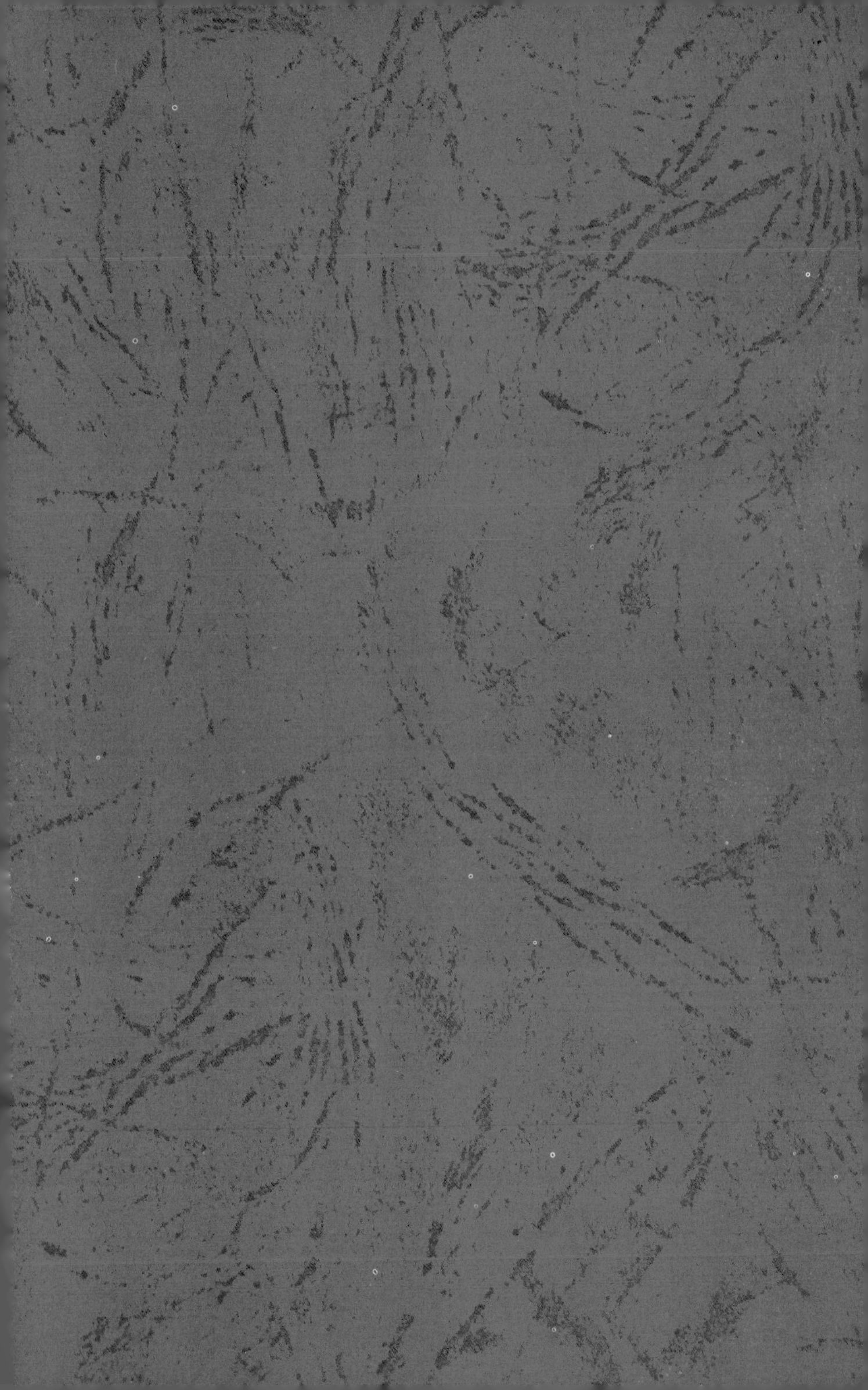